열여섯의 타이밍

열여섯의 타이밍

이선주 지음

주니어김영사

차례

다섯 혹은
하나의 이야기

지아
이야기

경희
이야기

선화
이야기

정윤
이야기

남주
이야기

일러두기

* 본문에 인용되는 문학 작품은 사용 허락을 받고 해당 부분에 각주로 출처 표기를 하였습니다.
* 첫 번째 차례에 나오는 〈다섯 혹은 하나의 이야기〉는 앤솔러지 단편집 《열다섯, 그럴 나이》
  (우리학교, 2020)에 단편 〈앱을 설치하시겠습니까〉로 수록되어 있음을 밝힙니다.

다섯 혹은
하나의 이야기

다섯 혹은 하나의 이야기

– 앱을 설치하시겠습니까

정윤은 카톡에 들어갔다 나왔다를 반복했다. 조별 과제만 아니었다면 지금도 신나게 카톡을 하고 있었을 것이다. 방금 끓여 먹은 라면 사진을 올리며 그 밑에 "다이어트 개망"이라고 쓰고, 친구가 올린 셀카에 "토 나와!"라고 쓰면서. 실시간으로 자신의 행동을 중계하고 피드백을 받고, 자신 또한 친구의 생활을―알고 싶지 않더라도― 엿보고 참견했을 것이다. 카톡을 깐 이후로 자연스러운 일상이다.

카톡을 하는 데 무슨 의의가 있는 건 아니다. 그냥 편하기 때문이다. 편한 이유는, 친구들 대부분이 하기 때문이다. 이런 걸 사회 시간에 배운 '문화'라고 하는지도 모르겠다. 휴대폰 이전에는 삐삐가 있었다는데, 그때는 삐삐로 연락을 주고받는 게 문화였을 것이다.

지아 그럼 매일 학교 끝나고 만나야 돼? 나 학원 가야 한단 말이야.

지아에게서 카톡이 왔다. 조별 과제 때문에 만든 단톡방에는 지아, 경희, 선화 그리고 정윤까지 네 명이 들어와 있다. 별문제가 없었다면 남주까지 모두 다섯 명이 들어와 있어야 했다.

국어 선생님이 조별 과제를 내고 조원을 정해 줬을 때만 해도 일이 이렇게 진행되리라고는 생각하지 못했다. 중학교 3학년 1학기가 시작된 지 얼마 안 됐기 때문에 조원들과 별로 친하지 않았다.

"카톡 아이디 좀 알려 줘."

정윤이 웃으면서 남주에게 말을 건넸을 때, 남주는 난감한 표정을 지었다.

"나 카톡 안 해."

"왜?"

카톡을 꼭 해야 하는 건 아니지만, 모두들 하는 걸 안 하는 데에는 이유가 있을 거라고 생각했다. 정윤은 따지는 게 아니라 정말 궁금해서 물었다.

"안 할 수도 있지……."

남주가 말을 흐렸다. 정윤은 "안 할 수도 있지."라는 남주의 말을 따라 하다 고개를 살짝 흔들었다.

"안 할 수도 있지만 굳이 안 할 이유도 없지."

정윤은 남주의 말을 되받으면서, 혹시나 공격적으로 들릴까 봐 말끝을 내렸다. 남주는 대답하지 않았다.

"그럼 조별 과제 할 때만 깔래?"

남주는 입술을 살짝 깨물더니 이렇게 물었다.

"그냥 문자로 하면 안 돼?"

"안 되는 건 아니지만……."

대화는 그렇게 흐지부지 끝났다.

남주와 있었던 일을 단톡방에 올리자 가장 흥분한 아이는 지아였다. 지아는 남주가 이기적이라고 했다.

"그냥 싫다는 거잖아? 괜한 고집이야. 짜증 나."

그러자 경희가 동조했다.

"원래 개처럼 조용한 애들이 한번 고집을 부리기 시작하면 말이 안 통해."

"싫을 수도 있지."

선화가 남주 편을 들었지만 그 한마디뿐, 더는 두둔하지 않았다.

조별 과제는 지역 신문 만들기다. 주제도 자유, 형식도 자유이지만 조원 모두가 참여해야 한다. 신문의 퀄리티와 함께 조원들의 협동심을 평가하는 과제다. 주제는 무엇으로 할지, 사진은 누가 찍을지, 글은 누가 쓸지, 발표는 누가 할지 정할 게 많다. 이럴 땐 보통 카톡으로 상의한다. 학교가 끝난 뒤에 서로 얼굴 보며 의논하면 좋겠지만, 다들 학원에 가야 한다.

남주는 학원 때문에 만나서 회의하기가 힘들다면 문자로 하자고 했다. 그 말을 듣는 순간 정윤은 피식 웃을 수밖에 없었다.

누구 한 명이 "주제는 뭘로 할까?"라고 네 명에게 문자를 보내고,

돌아온 답변을 취합해 다시 한 명 한 명에게 문자를 보낸다. 그걸 다시 취합해서 또 문자를 보내고……. 마치 계산기가 있는데도 기계는 믿을 수 없다며 공책에 일일이 숫자를 써 가면서 계산하는 것처럼 바보 같은 짓이다. 카톡이라는 편리한 방법이 있는데 왜 굳이 문자로 연락해야 할까?

> **지아** 진짜 별 이상한 애 다 본다.
> 우선 자고, 내일 학교에서 얘기하자.

밤 12시가 넘어가고 있었다. 정윤은 피로한 눈을 껌뻑이며 남주의 난감해하던 표정을 떠올렸다. 카톡을 안 하는 게 모두를 난감하게 하고 자신까지 난처하게 만드는 행동이라는 건 아는 눈치였다.

그렇다면 신념일까? 종교적 신념은 들어 본 적 있지만, '카톡 신념'이라는 말은 들어 본 적이 없다. 그런 게 있을 리 없겠지만, 세상에는 개를 신으로 모시는 사람도 존재한다고 하니 카톡을 사탄으로 여기고 멀리하는 사람도 있을 수 있지 않을까? 하고 생각했다.

그만큼 정윤은 남주를 이해하고 싶었다.

종례가 끝나고 선생님이 교실을 나가자 아이들은 우르르 몰려 나갔다. 영어 학원 수업 시간까지 딱 한 시간이 남아 있었다. 학원까지 걸어가는 시간과 편의점에서 컵라면 사 먹는 시간까지 계산하면 20분쯤 남은 셈이다. 애들이 하도 불닭볶음면 얘기를 해서 벼르는 중이었다.

교실에는 정윤의 조만 남았다. 조원들 얼굴에 짜증이 짙게 묻어 있었다.

"카톡을 안 하는 이유가 뭐야?"

지아가 먼저 입을 열었다. 남주는 말을 고르는 듯 고개를 갸우뚱하고 입술을 오물오물하더니 침착하게 말했다.

"나 원래 카톡 안 해."

"원래 안 하는 게 어딨어?"

지아가 흥분하는 게 보였다. 경희가 지아의 소매를 잡아당겼다. 지아는 뭐라고 더 말하려다 휴, 하고 한숨을 내쉬고는 말을 삼켰다. 다섯 아이들 사이에 흐르는 공기가 심상치 않았다.

"네가 휴대폰이 없다면 이해하지만, 그냥 앱만 깔면 되잖아. 돈이 드는 것도 아니고. 네가 손해 보는 건 아무것도 없어."

정윤은 남주를 설득할 생각이었다. 설득이 가능하리라 믿었고, 카톡을 안 하는 건 설득해야 할 일이라고 생각했다.

"이해가 아니라 동정이겠지."

남주가 더는 저자세를 취하지 않겠다는 듯이, 고개를 빳빳이 들고 뽀족하게 말했다.

"참 나."

지아가 팔짱을 낀 채 남주의 태도가 어이없다는 듯 내뱉었다.

"쟤 뭐야?"

경희도 툴툴거렸다.

12

과제 제출까지 남은 기간은 2주. 주제를 무엇으로 할지 정하는 데 벌써 이틀을 끌었다.

"나 학원 가야 해."

침묵을 깨며 지아가 일어섰다. 경희와 선화도 따라 일어섰다. 정윤과 남주만 남았다.

정윤은 남주와 같이 갈까 하다가 먼저 교실을 나왔다. 남주가 터벅터벅 따라왔다. 운동장 한가운데쯤에서 정윤이 걸음을 멈추고 뒤를 돌아봤다. 남주도 그대로 걸음을 멈췄다.

"혹시 종교 있어?"

"종교?"

남주가 의아하다는 듯 되물었다. 정윤은 고개를 끄덕이며 덧붙였다.

"왜 사이비 있잖아. 아니 꼭 사이비라는 건 아니지만, 특이한 종교 같은 거."

남주가 고개를 저었다.

"그럼 종교에서 카톡을 하지 말라고 한 건 아니네."

정윤의 말에 남주가 피식 웃었다. 하지만 정윤은 농담이 아니었다.

"종교적인 신념이 아니라면, 조별 과제 끝날 때까지만 깔았다가 지우면 안 돼?"

"꼭 카톡으로 해야 돼?"

도돌이표다. 꼭 카톡으로 해야 하는 건 아니지만, 카톡으로 해야 편하니 카톡으로 하자는 걸 어떻게 더 설명할까? 결국은 카톡으로

하는 게 편하니 카톡으로 하자는 네 명과 카톡은 싫으니 카톡 말고
다른 방법으로 하자는 한 명의 싸움이었다.

정윤은 이런 일로 싸울 수 있으리라고는 전혀 생각하지 못했다. 내
가 하고 네가 하면, 그래서 우리가 하게 되면 모두가 하는 건 줄 알았
다. 모두가……

정윤과 남주는 교문을 나와 각자의 집으로 걸어갔다.

> **지아** 다른 조는 벌써 취재까지 했대.

그날 저녁, 카톡이 울려서 봤더니 지아였다. 남주가 빠진 단톡방이
었다.

> **경희** 우리도 얼른 정하자.

> **지아** 주제를 맛집으로 하는 건 어때?
> 학교 주변 맛집 지도를 만들면 재밌을 것 같아.

기다렸다는 듯이 아이디어가 샘솟았다. 정윤은 남주가 빠진 단톡방
에서 조별 과제 이야기가 나오는 게 불편했지만, 지금이 아니면 언제
말할까 싶어 은근슬쩍 대화에 참여했다.

> 맛집 할인 쿠폰까지 끼워 주면 어떨까? — 정윤

정윤은 맛집 지도라는 말을 듣자마자 단박에 떠오른 아이디어를 말했다. 아이돌이 나오는 잡지를 사면 끼워 주는 것 같은 할인 쿠폰 말이다. 정윤의 제안은 반응이 꽤 좋았다. 와, 진짜 좋은 생각이다, 진짜 신문 같아, 대박이다 등등의 글들이 올라왔다. 정윤은 어깨가 으쓱 올라갔다.

정윤의 학업 성적은 보통이다. 물론 공부를 잘하고 싶은 마음은 있지만, 열심히 하고 싶은 마음은 없었다. 한 번만 읽어도 머릿속에 입력되면 얼마나 좋을까? 로또를 바라는 심정으로 공부했다. 즉, 안 했다는 뜻이다.

정윤은 이번 과제도 시늉만 할 생각이었는데, 조원들에게 칭찬을 들으니 열심히 하고 싶은 의욕이 생겼다. 그래서 기세를 몰아 여러 가지 아이디어를 냈고, 조원들은 호응하거나 반대했다. 그렇게 단톡방에서 얘기하다 보니 어느새 자정이 다 되어 갔다.

> 근데 남주 빼고 해도 될까? — 정윤

흥분해서 의견을 가장 많이 내던 정윤이 조심스럽게 물었다.

> 지아 — 자기가 선택한 건데, 뭐. 억울하면 카톡 깔라고 해.

경희 맞아. 본인 선택인데 누굴 원망해.

경희가 맞장구를 쳤다. 정윤은 "ㅇㅇ"이라고 답했지만 선택이라는 말이 계속 머릿속에서 맴돌았다. 카톡을 안 하는 건 남주의 선택이 맞지만, 그 뒤의 상황까지 남주의 선택이라고 할 수 있을까? 그러나 더 생각하고 싶지 않아 고개를 절레절레 흔들었다. 복잡한 건 질색이었다.

이튿날, 정윤은 학교에 가자마자 남주에게 어젯밤 단톡방에서 나눈 이야기를 대충 해 줬다. 말을 하는 동안 어젯밤에 느꼈던 찜찜함이 조금 사라졌다. 이렇게 말을 전해 줬으니 남주를 일부러 뺀 건 아니라고 스스로 위로했다.

"언뜻 들으면 재밌어 보이지만, 사실 맛집 지도 같은 건 인터넷만 검색해도 금방 나오잖아. 새롭다는 생각이 안 들어. 그리고 쿠폰 준다는 것도 좀 그래. 과제 제출용으로 딱 두 부만 만드는데, 쿠폰이 무슨 의미가 있을까? 그냥 보여 주기 식이지."

남주의 표정은 무덤덤했지만 말은 신랄했다.

"누구 아이디어야?"

정윤이 바싹 마른 입술에 침을 바르며 대답했다.

"다 같이 낸 거야."

남주가 고개를 끄덕이며 말했다.

"주제를 바꿔 보자. 학교 주변 유흥가, 이대로 괜찮은가? 이건 어때? 이런 주제는 아마 아무도 안 할걸?"

정윤은 더 고민해 보자고 말하고는 자리로 돌아갔다.

> 남주가 맛집 지도랑 할인 쿠폰 하지 말재. **정윤**
> 너무 흔하다고.

정윤이 단톡방에 글을 올리자 아이들은 수업 중이었지만 바로 답을 했다.

지아 미친.

경희 다시 정하자고?

정윤은 남주가 반대하면서 했던 말이나 대안은 전하지 않았다. 단톡방에 구구절절 쓰는 것도 귀찮았지만, 무엇보다 자존심이 상했다. 누구 아이디어냐고 물을 때 남주의 표정이 몹시 얄미웠다.

지아 나 벌써 맛집 리스트 정리했단 말이야.
다른 거 하고 싶으면 카톡 깔라고 해.

"카톡 깔라고 해."라는 말은 단톡방에 들어오지 않는 한 발언권이 없다는 뜻이나 마찬가지다. 단톡방에서 하는 말은 인정하겠지만, 카톡 밖에서 얼굴을 보며 한 말은 인정하지 않겠다는 말이다. 모순적이라고 생각했지만, 정윤은 이미 감정이 상한 상태라 남주 편을 들어 주지 않았다.

수업이 끝나자 남주가 다가왔다. 걸어오는 동안 윗도리가 펄럭이면서 납작한 배가 슬쩍 보였다. 뼈대가 굵어 드러나지 않았을 뿐, 이제 보니 마른 편이었다.

정윤은 남주에 관해 알고 있는 사실을 떠올려 봤다. 3학년 1학기가 시작되자마자 전학을 와서 친구가 별로 없다는 것, 친구를 사귀려고 애쓰지 않는다는 것, 카톡을 싫어한다는 것이 전부였다. 이건 안다고도 할 수 없다. 남주는 어떤 환경에서 자랐을까?

문득 얼마 전에 본 텔레비전 프로그램이 떠올랐다. 속세를 떠나 문명의 이기를 거부하며 산에서 사는 사람들이 나오는 프로그램이었다.

"너 어디 살아?"

정윤이 다짜고짜 물었다. 정윤은 남주가 부모님이랑 같이 산속에 산다고 말하길 내심 바랐다. 정윤과 남주가 다니는 학교는 경기도 외곽에 있었다. 신도시에 사는 아이들과 오래된 빌라나 단독 주택에 사는 아이들이 섞여 있었다.

"아파트에 사는데, 왜?"

"그럼 부모님은 뭐 하셔?"

"엔지니어."

남주는 의아한 표정으로 대답하고는 그런 걸 왜 묻느냐고 눈빛으로 쳐다봤다. 정윤이 다시 물었다.

"부모님이 혹시 시민 단체에서 활동하셔? 인터넷 거부 시민 단체 같은 곳."

"세상에 그런 게 어딨냐?"

남주가 피식 웃었다. 농담이라고 생각하는 듯했다.

그러나 정윤은 농담이 아니었다. 남주가 카톡을 굳이 안 하는 이유를 분석해서 어떤 범주에 넣고 싶었다. 부모님이 산속에 살면서 문명을 거부하고 그 영향으로 남주도 카톡을 거부하는 거라면, 남주를 미워하지 않고 이해할 수 있을 것 같았다. 그편이 아무 이유 없이 그저 싫다는 이유로 카톡을 거부하는 것보다 덜 이기적으로 보였으니까.

"우리 지금 회의하는 거 어때?"

지아와 경희, 선화까지 모이자 남주가 물었다.

"나 학원 가야 돼."

"나도."

지아와 경희가 말했다.

"학원 언제 끝나?"

무슨 결심을 했는지 남주는 집요하게 물었다. 지아가 망설이다가 "9시."라고 대답하자 경희는 "10시."라고 대답했다.

"주말에는?"

남주가 다시 물었다.

"아침 일찍 가지는 않지? 이번 주 토요일 아침 일찍 만나서 회의하면 어때?"

"그럼 늦어. 다음 주까지 제출해야 하는데, 그때 정해서 언제 취재하고 언제 기사 써?"

지아의 말에 남주가 되물었다.

"그럼 어떡하자는 거야?"

여태껏 정윤을 포함한 아이들이 남주에게 했던 말이었다. 카톡을 안 하면 도대체 어떻게 하자는 거야?

대화는 건전한 방향으로 나아가지 못하고 고인 물처럼 계속 제자리에서 빙빙 돌았다. 지아도, 경희도, 정윤조차도 자신의 생각을 바꿀 마음이 없었다.

"그냥 카톡을 깔아."

지아가 말했다.

"제발 깔아. 고집부리지 말고."

지아의 말이 끝나자마자 경희가 거들었다.

"강요하지 마. 카톡을 하든 말든, 그건 개인의 자유야."

남주가 시뻘게진 얼굴로 아이들을 노려보고는 교실을 나갔다. 툭 건드리면 터질 것처럼 보였기 때문에 입을 다물었지만, 정윤은 수치스러웠다. 마치 자기들이 남주의 자유를 억압하는 것처럼 느껴졌기 때

20

문이다. 그러나 이건 강요가 아닌 애원이자 부탁이었다. 정윤은 그렇다고 믿었다.

남주가 나가고 한참 동안 이어진 침묵 끝에 경희가 불현듯 물었다.

"쟤 라인은 하려나?"

"카톡도 안 하는 애가 퍽이나 라인을 하겠다."

지아의 말에 경희가 피식 웃었다. "하긴." 하며 머리를 긁적이다 "아, 정말 짜증 난다." 같은 말을 내뱉었다. 의미 없는 말을 주고받다가 다들 가방을 메고 교실을 나왔다. 정윤은 그때까지 한 마디도 하지 않은 선화의 생각이 궁금했지만 묻지 않았다.

이럴 시간에 차라리 회의나 할걸 그랬다는 후회가 들었다.

카톡카톡카톡…….

학원에서도 집에서도 쉴 새 없이 카톡이 울렸다. 조별 과제 단톡방뿐만 아니라 학원 친구들과 만든 단톡방에서도, 반 단톡방에서도, 방탄소년단을 좋아하는 애들끼리 만든 단톡방에서도 시간 차이만 있을 뿐 계속해서 대화가 올라왔다. 정윤이 먼저 보낼 때도 있었다. 인터넷에서 웃긴 얘기를 보면 꼭 캡처했다가 단톡방에 올렸다. 단톡방에 제일 많이 올라오는 글은 "ㅋㅋㅋㅋㅋㅋ"였다.

지겹다고 생각하면서도 카톡이 오면 기계처럼 답했다. 가끔 귀찮아지면 일부러 카톡을 확인하지 않았다. 그러다 또 누가 어떤 글을 올렸는지는 궁금해서 휴대폰 상단에 뜬 카톡 미리 보기로 내용을 확인했다. 정말 내 의지로 카톡을 하는 걸까? 그런 의문이 머릿속에 둥둥 떠올랐다.

지아　그럼 각자 주말까지 기사 써서 월요일에 공유하자.

경희　인쇄는 내가 해 올게. 큰아빠가 작은 인쇄소를 하시거든.

지아　오, 대박!

　이제 단톡방에서는 남주의 'ㄴ' 자도 나오지 않았다. 있지만 없는 사람처럼, 존재하지만 존재하지 않는 사람처럼 취급했다. 단지 단톡방에 없다는 이유로…….

　카톡 세상에서는 남주가 존재하지 않으니 틀린 건 아니었다. 세상은 온라인 세상과 오프라인 세상으로 나뉘어 있고, 온라인에서 존재하지 않는 사람은 오프라인에서도 서서히 존재가 지워졌다. 반대로 오프라인에서만 존재하는 사람은, 역설적이게도 존재하지 않는 셈이 됐다.

　그렇다면 존재란 무엇일까. 정윤은 이런 어려운 생각은 하고 싶지 않았다. 간단하게 생각하고 싶었다. 이렇게 어려운 생각을 하게 만든 남주가 미웠다.

　정윤을 포함한 아이들은, 카톡 세상에서뿐만 아니라 교실에서도 남

22

주에게 말을 걸지 않았다.

　A4 용지 크기지만 갱지에 인쇄하니 신문 느낌이 났다. 과제 제출용으로 한 부, 친구들에게 보여 주는 용도로 한 부, 이렇게 두 부를 인쇄했다. 인쇄한 신문 중간쯤에 학교 앞 핫도그 가게 할인 쿠폰과 맛집 지도를 넣었다.

　선생님이 과제물을 넘기다 쿠폰을 발견하고는 피식 웃었다. 발표는 지아가 했다. 발표가 거의 끝날 때쯤 인형이가 손을 들었다.

　"맛집 지도, 반 단톡방에 올려 줄 수 있어?"

　"당연하지. 쉬는 시간에 바로 올릴게."

　지아가 명쾌하게 대답했다.

　"모두 수고했다. 할인 쿠폰은 누구 아이디어야?"

　"아이디어는 정윤이가 냈고요, 저와 경희가 만들었습니다."

　"그럼 각 기사는 누가 썼지? 기사 아래에 작성한 사람 이름이 없네?"

　"다 나눠서 썼습니다."

　"그렇게 말하지 말고, 각자 어떤 역할을 했는지 분명하게 말해 줘. 다들 알겠지만 조별 과제는 결과물만큼 협동심도 중요해. 과제를 아무리 훌륭하게 했어도, 누구는 배제되고 누구는 빠지고 특정 한두 명이 다 했다면 좋은 점수를 줄 수 없어."

　선생님이 단호하게 말했다.

교단에 서 있던 지아의 동공이 눈에 띄게 흔들렸다. 지아가 경희를, 경희가 정윤을 바라보았다. 정윤은 고개를 돌려 남주를 봤지만 눈은 마주치지 못했다. 남주가 고개를 숙인 채 어깨를 들썩이고 있었기 때문이다.

아이들과 선생님의 시선이 남주의 어깨로 모였다. 시선이 모일수록 남주의 어깨는 더 심하게 들썩였다.

정윤은 남주를 바라보는 선생님과 아이들을 보다가 문득 울고 싶어졌다. 과연 모욕을 준 자는 누구이고 모욕을 당한 자는 누구일까?

정윤은 교실에서 사라지고 싶었다.

선생님이 종이컵에 녹차 티백을 하나씩 넣고 뜨거운 물을 부었다. 정윤은 뜨거운 녹차를 호호 불며 마셨다. 이마에서 식은땀이 났다. 상담실은 좁았다. 선생님까지 여섯 명이 다닥다닥 붙어 앉아서 숨소리까지 다 들렸다.

"그러니까 남주만 빼고 회의했다는 거네."

"어쩔 수 없었어요."

지아가 웅얼거렸다. 지아와 경희, 정윤이 공유하는 감정은 억울함이었다. 남주가 카톡만 했어도 이런 일은 없었을 거라고 생각했다. 선화는 모르겠다. 아까부터 고개를 숙인 채 아무 말도 하지 않았다.

"꼭 카톡으로 해야 할 필요는 없지. 만나서 하면 되잖아."

"학원 가야 하니까요."

"남주도?"

남주가 고개를 저었다.

"자꾸 너희만 억울하다고 하는데, 나는 과제를 내면서 회의는 카톡으로 하라고 한 적이 없어. 근데 카톡을 안 한다는 이유로 조별 과제에서 배제하는 게 정말 옳은 일이야?"

선생님이 화난 듯 목소리를 높였다.

"선생님, 선생님도 카톡 쓰시죠?"

지아가 눈이 시뻘게져서, 당장이라도 울 것 같은 얼굴로 물었다.

"그건 왜 물어?"

"쓰시잖아요."

선생님은 입을 다물었다. 이제 화를 숨기지 않았다.

"편해서 쓰시는 거잖아요. 편한 방법이 있는데 왜 다른 방법으로 해야 돼요?"

"카톡이 없었으면?"

"그럼 다른 방법을 찾았겠죠. 그런데 카톡은 있잖아요. 있는 게 사실이잖아요."

"그래서 잘했다는 거야?"

"왜 저한테만 그러세요? 그럼 끝까지 카톡 안 하겠다고 우긴 쟤는 잘했어요? 다 쟤가 선택한 일이란 말이에요!"

지아가 탁자에 엎드려 엉엉 소리 내며 울었다. 아까 남주의 자세와 비슷했지만 느낌이 달랐다. 남주가 연약한 피해자 느낌이었다면, 지아의 흔들리는 어깨에서는 지지 않겠다는 결연함이 느껴졌다.

"남주가 왜 전학을 왔는지, 카톡을 왜 안 쓰는지 아는 사람 있어? 알아보려고 노력이라도 해 봤어?"

역시나 이유가 있다는 말일까?

"다들 수행 평가 점수는 기대하지 마."

선생님이 단호하게 말하자 지아의 울음소리가 점점 격해졌다. 꺽꺽 소리까지 났다.

"선생님, 그건 부당해요."

경희가 침착하게 말했다.

"조별 과제는 협동심이 우선이라고 누누이 말했어. 지금 갑자기 정해진 원칙이 아니야. 남주가 카톡을 안 한다는 이유로 조별 과제에서 배제된 게 너희 생각대로 남주의 선택이라면, 지금 이 결과물도 너희의 선택이야."

선생님은 더 이상의 얘기는 듣지 않겠다는 듯한 엄격한 표정으로 아이들을 돌아봤다. 정윤은 고개를 숙였다. 선생님은 나가면서 쾅 소리가 나게 문을 닫았다.

"진짜 짜증 나."

지아가 일부러 남주 쪽은 보지도 않고 말했다. 경희는 남주 반대쪽으로 몸을 비스듬히 기울이며 중얼거렸다.

"끼고 싶으면 카톡을 깔든지."

째려보기 대신 무시하기를 선택한 것이다. 잠시 뒤 지아와 경희가

26

상담실을 나가자, 선화가 우물쭈물 말했다.

"나는 네가 카톡 안 하는 이유를 먼저 말해 주길 기다렸어. 솔직하게 말했다면 다들 이해했을 거야."

선화의 말에 남주가 손톱을 물어뜯었다. 선화와 남주가 알고 지내던 사이일까? 그리고 보니 선화가 2학년 때 전학을 왔다는 사실이 기억났다. 같은 학교에서 전학 온 걸까? 선화까지 상담실을 나가자 정윤과 남주만 남았다.

"내가 몇 번이나 이유를 물어봤잖아. 그땐 왜 말 안 했어?"

남주가 독기를 품은 눈으로 정윤을 노려보더니 되물었다.

"이유를 말해야만 이해한다는 게, 정말 이해하는 거야?"

정윤은 남주의 적대적인 태도에 당황했다. 자신은 지아나 경희와 달리 남주 편에 서서 이해하려고 노력하는데, 정작 남주는 고마워하기는커녕 화를 냈다. 어처구니없었다. 정윤은 자리에서 일어났다.

"먼저 가 볼게."

남주는 미간을 찌푸린 채 입술을 달싹거리다 이내 체념한 표정이 되었다. 서로가 서로를 이해하지 못해 답답했다. 정윤은 끝이 없는 평행선을 달리는 기분이었다.

그날 이후, 눈에 띄지는 않지만 미묘한 변화가 있었다. 우선 지아와 경희가 남주를 철저히 투명 인간 취급했다. 그전에는 친하지 않아서 인사를 안 했다면, 지금은 고의로 모르는 척했다. "휴지 있는 사람?"

이렇게 물어봐서 남주가 "여깄어." 하고 건네면 안 들린다는 듯이 "아무도 없어?" 하는 식이었다. 휴지를 들고 있던 남주는 무안해져 머리를 긁적였다.

이런 모습을 지켜보던 아이들은 처음에는 당혹스러워했지만, 지아와 경희를 욕하지는 않았다.

"나라도 그랬을 거야."

이렇게 수군거릴 뿐이었다. 1학기 중간고사 수행 평가 점수가 고등학교 입학에 영향을 끼친다는 사실이 아이들을 자극했다. 그러면서 남주에 관한 소문이 돌기 시작했는데, 소문은 물에 젖은 솜처럼 점점 무거워져 나중에는 반을 잠식했다.

남주를 둘러싼 소문은 두 가지였다.

하나는 남주 부모님이 집에서 개량 한복을 입고 생활한다는 소문이었다. 이 소문은 중국집을 운영하는 인형이 아빠를 통해서 나왔다. 인형이 아빠가 배달 다녀와서 "요즘에도 개량 한복을 입고 생활하는 사람들이 있네."라고 하기에 아파트 동 호수를 확인해 보니 남주네 집이었다는 것이다. 그날만 우연히 입었을 수도 있는데, 그 말이 와전되어 남주 부모님은 한여름에도 집에서 개량 한복을 입고 생활하는 융통성 없는 사람이 됐다. 한여름에 땀을 뻘뻘 흘리면서도 절대 벗지 않는다는 말까지 보태어 전해졌다. 직접 보지 않으면 알 수 없는 정보여서 거짓일 확률이 높았지만, 아이들은 그런 전후 사정을 따져 보지 않았다. "그래서 남주가……." 하면서 고개를 끄덕일 뿐이었다.

아이들은 이해할 수 없는 일들을 결코 그냥 넘기지 않는다. 이해하지 못하면 악으로 만들어서라도 이해하고 싶어 했다. 선(善)과 악(惡)의 대결만큼 명확한 구도는 없으니까. 아이들은 자신을 선의 영역에 두고 남주를 악의 영역에 두려고 했으며, 근거를 찾으려 했다. 그 근거는 대개 실체가 조금 섞인 거짓이었다.

다른 소문 하나는 남주가 전학 온 이유와 관련이 있었다. 전에 다니던 학교에서도 카톡을 사용하지 않겠다고 버티다가 물의를 일으켜 왕따를 당했다는 것이다. 정윤은 '만약 그렇다면 남주도 좀 안됐다.'라고 생각했는데, 다른 아이들은 그렇게 생각하지 않았다. 자신의 신념을 위해 타인을 괴롭히는 아이라고 확신했다.

그런 소문이 짙은 안개처럼 서서히 눈을 가리는 와중에도 정윤은 남주를 제대로 보려고 애썼지만, 흐릿하게 윤곽만 보일 뿐이었다. 안개에 갇히면 혼자 힘으로는 벗어날 수가 없다. 지금 아이들은 저마다 안개에 갇혀 있었다.

정윤이 집에 가려고 가방을 챙길 때 웅성거리는 소리가 들렸다.

"카톡은 안 하면서 휴대폰 쓰는 거 웃기지 않냐? 효도폰이나 쓰지."

남주가 휴대폰을 만지작거리고 있었다.

"야, 너 효도폰 본 적 없지? 요새 효도폰에는 카톡이 아예 깔려서 나와."

대놓고 웃는 소리는 나지 않았지만 크큭, 크크큭, 하는 소리가 여기저기서 들려왔다. 정윤은 고개를 돌리다 지아와 눈이 마주쳤다. 지아는 손으로 입을 막고 웃고 있었다.

다시 고개를 돌리다 이번에는 남주와 눈이 마주쳤다. 남주는 모욕당한 자의 눈빛을 하고 있었다. 아이들은 남주가 자신들을 모욕했다고 생각했고, 남주는 아이들이 자신을 모욕했다고 생각했다. 마치 핑퐁 게임 같았다.

안개가 자꾸만 차올랐다.

정윤은 고심 끝에 선화에게 카톡을 보냈다.

> 남주가 왜 전학 왔는지 말해 줄 수 있어? 정윤

대화 상자 옆의 1은 사라졌지만 답이 없었다. 손톱만 물어뜯으며 초조하게 기다리고 있는데, 한참 만에 답이 왔다.

> 선화 나 그런 애 아니야.

정윤은 "나 그런 애 아니야."라는 선화의 말이 무슨 뜻인지 한참을 생각하다 잠시 뒤 얼굴을 붉혔다. 정윤이 생각하기에 그 말은 "너는 그런 애야."라는 말과 결이 같았다. 그렇다면 선화는 정윤에게 이렇게 말하는 셈이었다.

"너는 남의 뒤나 캐고 다니는 애야."

남주 도와주고 싶어서 그러는 거야. 〔정윤〕

정윤은 이렇게 쓰고 톡방을 나왔다. 선화가 카톡을 확인했는지 궁금했지만 톡방에 다시 들어가지는 않았다. 그사이 카톡은 쉬지 않고 카톡카톡카톡 울렸다.

정윤은 처음으로 카톡을 탈퇴하고 싶어졌다. 카톡이 보이지 않는 그물처럼 느껴졌기 때문이다. 만약 카톡을 탈퇴한다면 아이들에게는 뭐라고 설명해야 할까? 아니 그걸 꼭 설명해야 할까? 그냥 싫어서 탈퇴했다고 하면 안 되나? 개인의 자유인데? 아니야, 그러다 조별 과제라도 하게 되면? 그럼 그때만 잠깐 깔까? 카톡이 없었을 땐 조별 과제를 어떻게 했지?

정윤의 머릿속이 복잡해졌다. 복잡해진 머리를 단순하게 하기 위해, 카톡을 탈퇴하지 않기로 마음먹었다. 다수가 쓰는 걸 굳이 거부하면서 복잡하게 살 필요는 없으니까. 그게 현명한 행동이라고 생각했다.

발단은 아주 사소했다. 선생님이 체육 대회 관련 안내문을 탁자 위에 올려놓고 교실을 나가자 자연스레 앞줄에 앉은 아이들이 안내문을 나눠 주었다. 그중에 지아가 있었다. 남주에게 줄 차례가 되자, 지아는 그동안 남주를 모른 척한 게 민망해서인지 고개를 돌린 채로 안내문을 건넸다. 남주는 팔짱을 낀 채 받지 않았다. 지아는 안내문을 몇 번 더 흔들다가 남주를 힐끗 바라본 뒤 안내문을 든 손에서 힘을 뺐다. 보는 사람에 따라서는 던졌다고 느낄 수도 있는, 애매한 동작이었다. 안내문은 남주 얼굴에 떨어졌다.

다음 차례였던 정윤은 그 광경을 멍하니 바라보다가 속으로 흠칫했다.

'실수겠지? 실수일 거야.'

정윤은 고의라고 생각하고 싶지 않았다.

지아가 그대로 지나가려는데, 남주가 지아의 팔목을 잡아당기더니 안내문을 지아 얼굴 쪽으로 던졌다. 평소의 남주라면 하지 않을 행동이었다. 남주의 내면에도 뭐가 차곡차곡 쌓인 듯했다. 그게, 분노나 억울함처럼 좋지 않은 감정인 것만은 확실했다. 그렇다면 그게 남주 책임일까? 아니면 아이들의 배타적인 행동 때문일까?

지아는 멍하니 서 있다가, 이내 자기한테 일어난 일을 파악하고는 안내문을 집어서 다시 남주에게 던졌다. 남주 얼굴로 안내문이 날아들었다. 남주가 다시 안내문을 집어서 지아 얼굴에 던졌고, 지아 얼굴을 때리고 떨어진 안내문을 지아가 다시 주워서 던지려는 순간, 정윤은 저도 모르게 지아의 팔을 잡았다. 지아가 정윤을 바라보았다. 분노와 억울함이 가득한 눈빛이었다.

"놔."

지아가 팔을 빼내려고 몸을 뒤쪽으로 기울이자, 정윤은 손에 힘을 주었다.

"놓으라니까! 놓으라고!"

지아는 소리를 지르며 펄쩍펄쩍 뛰면서 정윤에게 잡힌 팔을 빼려고 안간힘을 썼다. 정윤도 최대한 힘을 줬기 때문에 몸이 출렁거렸다. 그러다 지아가 뒤로 넘어지면서 정윤의 몸도 같이 넘어갔다.

"아이, 씨!"

지아가 빽 소리를 질렀다. 그리고 누운 채로 휴, 한숨을 내쉬고는 정윤을 밀쳐 냈다. 지아는 일어서서 머리를 매만지고 교복에 묻은 먼지를 털었다. 정윤도 몸을 일으켰다. 반 아이들이 전부 세 아이를 주시하고 있었다.

지아와 정윤을 멍하니 바라보던 남주의 눈빛이 조금씩 변했다. 변했다고, 정윤은 생각했다.

"내가 왜 카톡을 안 하는지 이유가 궁금하다고 했지?"

남주의 목소리가 살짝 떨렸다.

"친한 애들끼리 만든 단톡방이 있었어. 근데 그 단톡방 말고 또 다른 단톡방이 있었던 거야. 다들 카톡 하니까 무슨 말인지 알지?"

비밀 단톡방을 말하는 듯했다. 카톡을 하면서 가장 비참한 순간은 자기만 빼고 아이들끼리 따로 단톡방을 만들었다는 사실을 알았을 때다. 이유는 뻔하다. 단톡방에 없는 사람을 욕하기 위해서······.

"나만 빼놓은 단톡방에서 내 욕을 했어. 애초에 그러려고 만들었겠지. 근데 그 안에서 싸움이 일어난 거야. 흔한 일이지, 뭐. 그중에 누가 내 욕을 한 단톡방 대화를 모두 캡처해서 내가 속한 단톡방에 올렸어. 그걸 읽는데…… 악플을 읽는 연예인 심정이 이렇겠구나, 싶더라고."

고요하다고 해야 할까? 먼지마저 침묵하고 있는 듯했다. 울분에 가득 찬 남주의 목소리만 교실을 떠돌았다.

"그때부터 카톡만 보면 속이 울렁거려. 그래서 그랬어. 그래도 내 잘못이라면, 그래, 미안해."

남주가 지아를 한참 동안 쳐다보다 정윤 쪽으로 고개를 돌렸다. 정윤이 뭐라고 말할 새도 없이 남주의 눈에서 눈물이 툭 떨어졌다. 순간 드라마 속에 들어간 것처럼 현실감이 사라졌다. 눈물이 저렇게까지 툭툭 떨어질 수 있을까?

남주가 가방을 메고 뒷문 쪽으로 갔다. 모여 있던 아이들이 홍해가 갈라지듯 길을 터 주었다. 남주가 나가자 여기저기서 숙덕대는 소리가 들려왔다.

"거봐, 이유가 있을 거라고 했잖아."

"나도 그럴 줄 알았어. 카톡을 할 수도 있고 안 할 수도 있는 거지, 다들 왜 저런대?"

이렇게 말하며 몇몇 아이는 지아를 노려보기까지 했다. 마치 지아만 남주를 박해했다는 듯이. 30도가 넘는 한낮에서 영하 10도가 넘는 새벽으로 순간 이동을 한 것처럼 드라마틱한 변화였다.

정윤은 이상했다. 갑자기 남주 편에 서서 자신들은 무구하다는 듯 떠드는 아이들이. 더 이상한 건 남주의 행동이었다. 카톡을 안 하는 이유를 정윤이 집요하게 물었지만 남주는 단 한 번도 대답하지 않았다. 정윤은 아이들을 뚫고 남주에게 달려갔다.

남주는 운동장을 유유히 걷고 있었다. 정윤은 숨을 헉헉 몰아쉬며 남주의 어깨에 손을 올렸다. 뒤돌아본 남주는 묘한 표정을 지었다. 네가 올 줄 알았다는 듯한 표정 같기도 하고, 이제 와서 왜? 하는 표정 같기도 했다.

"진짜야?"

"뭐가?"

남주가 정윤에게 되묻더니 곧 피식 웃으며 답했다.

"아니."

"뭐라고?"

농락당했다는 느낌만큼 기분 나쁜 감정이 있을까? 정윤은 입술을 꽉 깨물고 남주를 노려봤다.

"진실이 중요한 건 아니잖아."

남주가 말했다. 정윤은 남주가 방금 한 말을 중얼거려 봤다. 진실이 중요한 건 아니잖아……. 아니라고 말할 수가 없었다. 때때로 진실은 중요하지 않다. 중요한 건 아이들을 납득시키는 일이고, 더불어 자기가 하는 일이 선이라고 믿게 만드는 것이었다.

"진짜 이유를 말해 줄 수 있어?"

"이유는 없어."

남주는 짧게 대답하더니, 이렇게 덧붙였다.

"그게 진짜 진실이지만, 믿지 않겠지."

그러고는 빠른 걸음으로 멀어져 갔다.

그때 현관에서 아이들이 쏟아져 나오는 소리가 들렸다. 정윤은 남주가 떠난 자리에 가만히 서 있었다.

아이들이 정윤을 지나쳐 갔다.

"지아 걔가 좀 심했어. 카톡 안 할 수도 있지."

"남주 불쌍하다."

또 다른 희생양 찾기가 교실에서 시작돼 운동장으로, 다시 운동장 밖으로 퍼져 가고 있었다.

정윤은 눈을 감고 귀를 막았다.

'나는 어떤 세계에 살고 있는 걸까? 눈 감고 귀 막으면 안전할까?'

무섭다는 감정만이 물 밖으로 나온 물고기처럼 생생하게 팔딱거렸다.

카톡은 어쩌면 하나의 예시였을지도 모른다는 자각, 우리는 늘 희생양을 찾고 있었던 게 아닐까 하는 두려움이 엄습해 왔다. 희생양들이 하나둘 낙엽처럼 떨어지고 있었다. 다음 차례는 누굴까?

자신은 아니라고 확신할 수 없어, 정윤은 두려웠다.

지아 이야기

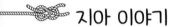

지아 이야기

- 타이밍

밤 10시가 넘어가자 조금 선선해졌다. 뉴스에서는 이른 무더위가 찾아왔다고 호들갑을 떨었지만 5월은 5월이었다. 지아는 팔뚝을 손바닥으로 쓱쓱 문질렀다. 연습을 더 할까 고민하는데 "이지아!" 하는 소리가 들려왔다. 고개를 돌려보니 엄마가 저 멀리서 걸어오고 있었다.

엄마가 주변을 두리번거리더니 지아의 어깨를 툭 치며 "이 시간에 이러는 거 민폐야."라고 했다. 민폐라는 말에 지아가 움찔했다. 지아가 세상에서 제일 싫어하는 게 바로 민폐였다. 엄마는 지아가 어릴 때부터 공부는 1등하지 않아도 된다―물론 하면 좋지만―, 그러나 남에게 폐를 끼치면 안 된다는 말을 주입했다. 다섯 살 무렵인가 마트에서 장난감을 사 달라고 울며 떼를 쓰다가 억지로 끌려 나와 저녁을 굶은 적도 있었다. 카페에서 시끄럽게 장난치다가 음료를 다 두고 나온 경우는 너무 많아 꼽을 수도 없다. 엄마는 남에게 피해를 주는 일에 극도로 예민했고, 동시에 남이 자신에게 피해를 입히는 것에도 굉장히 예민했다.

"나도 피해 안 주고, 남한테 받지도 않겠다는 거야. 남한테만 엄격한 게 아니라 나한테도 엄격한 거지. 이게 공정하다고 생각해."

식당 예절 등을 강요에 가까울 정도로 엄격하게 가르칠 때는 엄마에게 반발심이 들었지만, 커 가면서 차츰 엄마 말에 동조하게 됐다. 중간고사 기간이라 카페에서 공부하는데, 아직 걸음마도 못 뗀 어린애가 제 엄마 품에 안겨 악을 쓰며 울 때는 솔직히 한마디 해 주고 싶었다.

애가 이 정도로 울면 나가야 하는 거 아니에요? 우리 엄마는 제가 울 기미만 보여도 바로 나갔어요. 왜 당신 한 사람 때문에 여기 있는 모든 사람들이 피해를 입어야 해요? 아이한테 뭐라고 하는 게 아니에요. 아이를 케어하지 않는 당신에게 하는 말이에요.

이런 말……. 그러나 용기가 없어 입을 다물었다.

이번 일도 그랬다. 다섯 명이 조별 과제를 하는데, 한 명이 카톡을 사용하지 않겠다고 했다. 이유를 물으니 그냥이라고 했다. 그렇다면 누가 잘못한 것일까? 답은 너무 명확했다. 그런데 영악한 남주 때문에 지아가 죄를 다 뒤집어썼다. 지아는 그게 분했다. 언젠가는 되갚아 주리라 마음먹었지만, 그때가 언제일까?

"단체 줄넘기 말고 다른 걸로 바꿔 달라고 해."

엘리베이터를 타며 엄마가 말했다. 지아는 고개를 저으며 "이미 정해져서 안 돼."라고 했다. 엄마가 "열흘 남았지?" 하고 되물었다. 지아는 고개를 끄덕였다.

곧 체육 대회가 열린다. 계주 빠지고 줄다리기 빠지는 데는 성공했지만 단체 줄넘기에 걸렸다. 학교 규칙에 따라 단체 경기 중 하나에는 꼭 참여해야 한다. 아무도 소외시키지 않겠다는 교육 이념 때문이다.

체육 시간에 연습 삼아 몇 번 해 봤는데 할 때마다 발이 걸렸다. 두 명이 줄을 돌리고, 여덟 명이 차례로 들어가야 하는데 첫 번째로 들어가든 마지막으로 들어가든 무조건 걸렸다. 하나 둘 셋, 하면 들어가라고. 다리를 살짝 삐끗한 정윤이 줄을 돌리며 말했다. 그렇게 쉬우면 네가 하라고 하고 싶었지만, 자신 때문에 연습이 지체되는 게 미안해서 지아는 머리만 긁적였다.

내일 또 연습이 있을 예정이라 밤늦게 놀이터에 나와서 줄넘기 연습을 했다. 줄넘기와 단체 줄넘기가 다른 부류의 운동이라는 건 알지만, 이것 말고는 혼자 할 수 있는 연습이 없었다.

지아는 따뜻한 물로 샤워하고 잠옷으로 갈아입었다. 좋아하는 캐릭터가 그려진 실크 소재의 잠옷을 입고 침대에 누우니 몸이 나른했다. 애들한테 피해 주면 안 되는데, 생각하며 잠에 빠져들었다.

길을 가다 맨홀에 빠져서 다리가 부러지는 꿈을 꿨다. 너무 생생해서 잠이 깬 뒤 다리를 만져 보고서야 꿈이라는 걸 알았다. 진짜였다면 단체 줄넘기에서 빠질 수 있었을 텐데……. 지아는 다리가 부러지지 않는다면, 부러뜨리고 싶다고 생각하며 교복을 입었다.

체육복으로 갈아입는데 누가 쳐다보는 듯한 느낌이 들었다. 고개를 돌리니 남주였다. 눈이 마주치자 남주는 바로 고개를 돌렸다. 그날 이후로 남주는 카톡을 한다. 아이들은 카톡 때문에 은따를 당했던 남주를 딱하게 여기면서 지아를 가해자로 몰았다. 애초에 남주가 카톡만 했다면 벌어지지 않았을 일이다. 지긋지긋한 피해자 코스프레. 지아는 입술을 깨물었다.

체육 시간은 대회 연습 시간이나 마찬가지였다.

"내가 줄 돌리는 거 하면 안 돼?"

지아가 정윤에게 물었다. 정윤은 다리를 다쳐서 줄넘기를 못하는 대신 줄 돌리는 역할을 맡았다.

"우리 둘이 벌써 호흡을 맞췄는데, 또 바꾸자고?"

정윤이 짜증스러운 목소리로 말했다.

"꼭 그래야 할 이유가 있어?"

더 할 말이 없었다. 여기서 뭐라고 대꾸했다간 너 때문에 왜 내가 피해를 당해야 하느냐는 말이 나올 게 뻔했기 때문이다. 지아는 입을 다물었다. 줄이 돌아가고 아이들이 하나둘 구호에 맞춰 차례로 들어 갔다. 지아는 다섯 번째였다. 하나 둘 셋, 하고 들어가려 했는데 긴장 돼서 못 들어갔다.

"자, 다시."

자연스레 리더 역을 맡은 세아가 말했다. 지아는 "미, 미안."이라고 아주 작게 말하고 다시 한 번 구호에 맞춰 숨을 내쉬었다. 하나, 둘까지 구호를 셌을 때 갑자기 배가 너무 아팠다. 누가 걸레 짜듯 배를 쥐어짜는 것 같았다. 지아는 저도 모르게 무릎을 굽혔다.

"이지아, 지아야!"

세아가 다급하게 지아를 불렀다.

지아는 미간을 찌푸린 채 고개를 들었다. 지아 입에서 "미, 미안!"이라는 말이 흘러나왔다. 세아와 정윤이 줄 돌리기를 멈췄다. 아이들이 웅성거렸다. 지아 얼굴에서 핏기가 사라졌다.

"갑자기 배가 아파서……."

"보건실 가야 하는 거 아니야? 내가 같이 가 줄까?"

정윤이 물었다. 지아는 고개를 저었다. 제일 친한 친구는 경희인데 경희는 계주 팀이라 반대쪽에서 연습 중이다.

"나 좀 쉴게. 쉬면 괜찮아질 거야."

지아는 천천히 걸어서 운동장 벤치로 갔다. 혹시 꾀병이라고 생각하면 어떡하지? 순간 불안한 마음에 뒤를 돌아봤다. 다들 순서를 다시 정하느라 바빴다. 아무도 지아를 두고 수군거리지 않았다. 그런데도 지아는 아이들이 분명 자신을 욕할 거라고 생각했다. 피해를 줬으니까. 남에게 피해를 주면 욕먹는 게 당연하니까. 지아는 벤치에 앉아 연습하는 친구들을 보며 꼭 열심히 연습해서 피해를 주지 않겠다고 다짐했다. 자기 때문에 단체 줄넘기 꼴찌 했다는 말은 듣기 싫었다.

지아는 배를 살살 문질렀다. 꽈배기처럼 배배 꼬였던 배가 차츰 풀렸다. 아까는 너무 긴장해서 잠시 실수했던 것뿐이라는 확신이 들었다.

음식물 쓰레기는 아빠 담당이다. 아빠는 음식물 쓰레기를 버리며 '가정적인 아빠'라는 이미지를 획득했고, 엄마는 남편을 잘 구슬려 집안일을 하게 하는 '현명한 아내'가 됐다.

"내일 버릴게. 하루쯤 안 버려도 문제없잖아."

아빠가 툴툴거리는 소리가 들렸다. 회식하고 늦게 들어온 아빠가 음식물 쓰레기를 내일 버리겠다고 한 게 문제의 발단이었다.

"그럼 당신 때문에 온종일 음식물 쓰레기 냄새 맡으라고? 우리가 무슨 죄야."

"하루 안 버린다고 큰일 나?"

"그러니까 누가 회식하고 늦게 오래? 난 아무리 아파도 당신 아침은 꼭 차려 줘. 왜 우리가 당신 때문에 피해를 봐야 해?"

엄마 입에서 피해, 소리가 나오면 대화는 끝이다. 지아는 더 이상 듣기 싫어서 "내가 갔다 올게." 하고 음식물 쓰레기를 집어 들었다. 엄마는 지아 등 뒤에서 "이건 룰이야."라고 했다.

엄마 덕분에 균형 잡힌 식사를 하고 깨끗한 잠자리에 든다는 건 알지만 지아는 가끔 답답할 때가 있다. 집에 들어오면 긴장이 풀리는 게 아니라 오히려 더 긴장된다. 엄마가 말하는 그 룰을 어길까 봐. 물론 엄마 말이 틀린 건 아니다. 애초에 정해진 룰을 지키지 않음으로써 남에게 피해를 주는 게 더 나쁜 일이니까.

투덜투덜 음식물 쓰레기를 버리는데, 또 누가 빤히 쳐다보는 느낌이 들었다. 아무리 아파트 단지여도 밤은 무섭다. 여차하면 도망가야지 생각하며 고개를 돌렸는데, 뜻밖에도 남주였다. 남주가 같은 아파트 단지에 산다는 건 알았지만, 마주친 건 처음이었다. 남주가 이사 온 지 얼마 안 되기도 했고, 단지가 워낙 넓어서이기도 했다.

아빠가 중국집 하는 친구 말에 따르면 남주 부모님은 집에서도 개량 한복을 입고 생활한다고 한다. 카톡을 사용하지 않는다고 할 때부터 이상하다 싶었다.

"너, 거짓말이지?"

그동안 지아는 의도적으로 남주를 무시해 왔다. 뭐라고 퍼붓고 싶을 때가 많았지만 먼저 말 걸면 지는 거라는 이상한 고집 때문이었다. 밤이어서 그런지 아니면 낮에 있었던 일 때문인지 괜한 심술이 났다.

"뭐가?"

"전학 오기 전에 카톡 때문에 은따 당했다는 거."

"정윤이가 그래?"

"나 걔랑 안 친해."

"왜 거짓말이라고 생각하는데?"

"아니, 거짓말이 아니라 사실이라고 해도 난 네가 잘못했다고 생각해."

"고작 카톡이 뭐라고. 진짜 지겨워."

"그러니까 고작 카톡이 뭐라고. 그걸 안 하겠다고 남한테 피해를 주냐?"

"여기가 북한이야? 왜 모두 다 카톡을 해야 하는데? 너 북한 가서 살면 딱일 것 같아."

"돌았냐?"

지아는 정말 화가 났다. 음식물 쓰레기를 다 버렸기에 망정이지 만약 손에 들려 있었다면 집어 던졌을 거라고 생각했지만 실제로 그러지는 못했을 거다. 지아는 당당한 척하지만 속으로는 남의 눈치를 많이 봤다.

"북한에 카톡이 어딨어?"

"내 말은 카톡을 강요하는 게 북한 같다는 거야."

"카톡 하라고 했다고 북한 같다는 얘기는 살다 살다 처음 듣는다."

남주는 휴, 한숨을 내쉬고 "카톡을 안 하는 게 피해를 준다고 느낄 수는 있어. 그래도 강요는 하면 안 되는 거야."라고 했다. 그러고는 바로 이어서 "됐다, 됐어. 그만하자."라고 말했다.

"그 말 하려고 기다렸어?"

"기다린 게 아니라 나도 음식물 쓰레기 버리러 왔는데, 네가 말 시킨 거야."

"그래? 그럼 이만 갈게."

지아가 몸을 돌리는데 남주가 "잠깐." 하고 불러 세웠다.

"단체 줄넘기 바꿔 줄까?"

지아는 남주의 눈을 똑바로 마주쳤다. 놀리는 건지 아닌지 살폈다.

"왜?"

"그냥."

"아까는 그냥 배가 아파서 그랬던 거야. 동정하지 마."

남주가 허탈한 듯이 웃고는 고개를 절레절레 저었다.

"걱정했을 뿐이야."

"그게 바로 동정이라는 거야. 너 요즘 카톡한다더라. 맞아?"

남주가 고개를 끄덕이며 "너 같은 애 때문에."라고 했다.

더는 말하고 싶지 않았다. 지아는 남주를 툭 치고 지나갔다.

집에 들어가니 아빠가 식탁에서 맥주를 마시고 있었다.

"아빠 때문에 지아가 고생했네."

"괜찮아."

지아는 싱크대에서 손을 씻으며 "아빠, 단체 줄넘기 잘하는 법 알아?" 하고 물었다.

"체육 대회에서 단체 줄넘기 하게 됐거든. 근데 자꾸 줄에 발이 걸리네."

"뭐 그렇게 중요하다고. 생기부에 남는 것도 아니고."

"아니, 내가 자꾸 피해 주니까."

"그러니까 단체 줄넘기지. 개인 줄넘기가 아니잖아. 못하는 애 있고 잘하는 애 있고, 다 섞여 있는 거지."

"그래도 난 피해 주는 것 같아서 싫어."

아빠는 맥주를 입에 털어 넣고 꿀꺽 삼킨 뒤 "너는 네가 잘하는데, 누가 못하면 싫어?" 하고 되물었다. 지아는 당연하다는 듯이 고개를 끄덕였다.

"그래, 네 세계에서는 그럴 수 있겠다. 그렇지만 살아 있는 한 너도 누구에겐가는 피해를 주게 돼 있어."

아빠는 맥주 캔을 분리수거 통에 넣었다. 지아는 방으로 들어왔다. 침대에 누워 아까 남주와 했던 얘기를 떠올렸다.

북한? 웃기고 있다, 정말.

단체 줄넘기를 하지 않으면 계주를 해야 하는데, 그건 더 싫다. 조금 더 솔직히 말하자면 계주는 끼워 주지 않을 것이다. 다른 단체경기도 마찬가지다. 운동 신경이 없는 지아를 끼워 줄 리 만무하다. 그렇다고 단체 경기에 아예 빠질 수도 없다는 게 문제다. 어떻게든 단체 경기 중 하나에는 참여해야 하고, 운동 신경이 둔한 지아가 그나마 해 볼 여지가 있는 게 단체 줄넘기다.

들어가는 데 성공하기만 하면, 그 안에서 줄을 넘는 건 문제없다. 하나 둘 셋에 맞춰서 줄 안으로 들어가기만 하면 되는데, 왜 그게 안 될까?

아니야, 노력하면 할 수 있어. 지아는 자신이 그 정도로 열등하다고는 믿고 싶지 않았다. 아자 아자 힘내자, 나는 할 수 있다. 지아는 가장 좋아하는 구호를 외쳤다. 배 안쪽에서 공허함이 밀려왔지만 그럴 수록 더욱 큰 소리로 나는 할 수 있다, 를 외쳤다. 큰 소리를 내다 보면 작은 소리는 들리지 않는 것 같았다.

그것이 지아가 지금껏 살아온 방식이었다.

"하나 둘 셋, 하면 들어오라고. 하나에 몸을 풀고 둘에 대기하고 셋하기 직전에 폴짝 뛰어 들어와. 그게 그렇게 어려워?"

어려워, 너무 어려워.

지아는 이렇게 말하고 싶었다. 사람마다 운동 신경이 다르다. 달리기만 해도 똑같은 선에서 출발하지만 어느 순간 차이가 난다. 그게 바로 운동 신경의 차이다. 느리게 뛰는 애한테 왜 빨리 뛰지 못하느냐고 하는 게 무의미하듯 하나 둘 셋에 왜 못 들어오냐고 하는 것도 무의미하다. 이론과 실전은 다르다. 지아는 이론적으로 완벽하게 이해하고 있다. 안 되는 건 발이고 심장이다.

"다시 해 볼게."

지아가 겨우 힘을 내어 말했다. 지아 순서는 본래 다섯 번째였지만 들어갈 때마다 발이 줄에 걸리는 탓에 첫 번째가 됐다. 앞에서 네 번이나 할 필요가 없다는 것이다.

아악! 이번엔 너무 빨랐다. 셋을 하기도 전에 들어가는 바람에 줄에 머리를 맞았다.

"안 될 것 같아."

세아가 말했다.

"바꿔야 할 것 같아."

세아가 그렇게 말하더니 체육 선생님한테 달려갔다. 지아 얼굴이 점점 달아올랐다. 그깟 단체 줄넘기가 뭐라고. 나도 하고 싶어서 하는 거 아니야. 막말로 체육 대회에서 1등 한다고 대학교 가는 데 유리한 것도 아니잖아. 지아는 팔짱을 낀 채 세아와 선생님을 노려봤다. 정윤이 어느새 가까이 와 괜찮아, 하고 위로 아닌 위로를 했다.

조금 있자니 세아가 멀뚱한 표정을 하고는 다시 왔다.

"다른 팀들은 벌써 합이 맞아서 이제 와서 바꿀 수는 없대. 그냥 다시 열심히 해 보자."

열심히 하자는 말과 달리 목소리에 힘이 없었다. 지아는 소리를 지를까 아니면 울까 생각하다가 아무 일도 없었다는 듯이 가만히 있었다. 단체 줄넘기를 하는 열 명의 아이들 얼굴에 묘한 표정이 떠올랐다. 그깟 체육 대회 때문에 웬 소란이냐는 아이들과 지아 한 명 때문에 자꾸 지체되는 게 못마땅하다는 아이들이 섞여 있었다. 지아는 본의 아니게 다른 아이들에게 피해를 주게 돼서, 스스로에게 아주 많이 화가 난 상태였다.

마치 남주 같은 애가 된 것 같아서…….

아이들이 운동장을 모두 떠나는 걸 본 후에야 지아는 옷을 갈아입었다. 영어 학원에는 미리 전화를 해 뒀다. 그냥 줄넘기라면 혼자서 연습할 수 있지만, 단체 줄넘기는 혼자서는 못 한다. 최소한 두 명은 도와줘야 한다. 혼자서 줄넘기 연습을 해 본 적도 있지만, 시간만 버렸을 뿐 아무 도움이 되지 않았다. 그런데도 지아는 친구 두 명을 구하지 못해 또다시 혼자 남았다.

경희는 곤란한 얼굴로 영어 학원에 빠질 수 없다고 했다. 영어 학원 한 번 빠진다고 성적이 떨어져? 하고 묻고 싶었지만 양심에 찔려 입을 다물었다. 경희 생일 파티에 지아가 영어 학원 핑계를 대고 빠진 적이 있기 때문이다. 그때 그냥 갈걸, 영어 학원이 뭐가 중요하다고……. 그러나 이미 지난 일이었다.

체육복으로 갈아입고 줄넘기를 챙겨서 운동장으로 나왔지만, 도대체 뭘 연습해야 할지 몰랐다. 하나, 둘, 셋. 혼자서 숫자를 세며 셋에서 점프를 했다. 단순한 동작이다. 그런데 왜 안 될까? 정윤과 세아가 줄을 돌리면 그때부터 머릿속이 하얘진다. 들어가야지 들어가야지 생각하다 보면 줄이 자신을 내리칠 것만 같은 공포에 휩싸인다. 뒤늦게 마음을 다잡고 눈을 질끈 감고 들어가면, 줄은 벌써 저 높이 멀어져 있다. 너무 빠르면 줄에 머리를 맞고, 너무 늦으면 발에 걸린다.

"그런다고 연습이 돼?"

깜짝 놀라 뒤돌아보니 정윤이 서 있었다. 정윤만이 아니라 남주까지 같이.

"뭐, 뭐야?"

"휴대폰 놓고 와서 가지러 왔다가."

정윤이 말했다.

"너, 너는?"

남주는 뚱한 얼굴로 아무 말도 하지 않았다.

"너 혹시 나 감시해?"

남주가 피식 웃으며 "네가 뭔데?"라고 한마디 했다.

"모두가 널 의식할 거라고 생각하지 마. 대부분 신경조차 안 써."

"그래? 그럼 난 가 볼게."

지아가 줄넘기를 챙기는데 남주가 "도와줄까?" 하고 물었다.

도와준다는 말이 귀에 거슬렸다. 왜 내가 너의 도움을 받아야 하는데? 네가 뭔데? 지아는 반발심이 들어 남주를 노려보고는 "됐어." 하고 발걸음을 옮겼다.

"유치해."

남주가 말했다.

지아는 걸음을 멈추고 남주를 향해 "그래서 내가 너한테 피해 준 거 있어?"라고 따지듯 물었다. 지아가 단체 줄넘기를 못 해서 단체 줄넘기를 같이 하는 아이들한테 피해를 준 건 사실이다. 그러나 남주한테는 아무 피해도 주지 않았다.

"넌 남한테 피해 안 주려고 살아?"

"그럼 남한테 피해 주는 게 옳은 일이야?"

휴. 지아가 그대로 주저앉았다. 펑펑 울고 싶었지만 참았다. 마지막 자존심이었다.

"그래, 그럼 너 혼자 연습해. 혼자서 줄 넘기고, 뛰고, 다 해."

남주의 말이 지아의 가슴을 송곳으로 후벼 파는 것 같았다. 왜 저렇게 나쁘게 말하지? 아직도 지난번 조별 과제 때 앙금이 남아 있나? 모르겠다, 모르겠어. 지아는 제 머리를 잡아 뜯었다. 미치고 팔딱 뛰겠다, 라는 말을 온몸으로 이해하는 중이었다.

"도와줘, 말아? 빨리 말해 줘. 도와달라고 하면 학원 빠지고, 아니면 얼른 가서 불닭볶음면 먹어야 돼."

정윤의 말이다. 하긴, 편의점에서 뭐라도 먹고 들어가지 않으면 밤 10시가 되도록 쫄쫄 굶어야 한다. 지아는 됐다, 라고 말하려 했는데 엉뚱한 말이 튀어나왔다.

"배고파."

도와달라는 말은 차마 할 수가 없었다. 그렇다고 됐다고 말했다간 정말 가 버릴까 봐 두려웠다. 단체 줄넘기는 결코 혼자서는 할 수 없다. 게다가 연습조차도 누구의 도움 없이는 할 수 없다. 그 사실을 요 며칠 동안 뼈저리게 느꼈다.

아무한테도 피해를 주지 않고 피해를 받고 싶지 않은데, 그건 불가능한 꿈일까?

"그럼 먹고 하자."

수더분한 성격의 정윤 덕분에 아무렇지 않게 따라나섰다. 남주는 뾰로통한 얼굴을 했지만 더 이상 속 뒤집는 말은 하지 않았다. 만약 어제처럼 북한이냐? 그런 말을 했다면 참지 않았을 거다.

편의점에서 불닭볶음면 3개와 삼각김밥 3개, 천하장사 소시지 2플

러스 1짜리를 사서 창가 의자에 나란히 앉았다. 남주와는 모든 게 반대지만, 입맛 하나는 비슷했다. 지아는 불닭볶음면에 물을 붓자마자 삼각김밥부터 뜯었다. 우적우적 먹다가 힐끗 옆을 보니 남주도 우적우적 먹고 있었다. 그 모습이 우스워서 "너도 이런 거 먹냐?"라고 한마디 했다.

"왜 나는 한과나 먹을 것 같아?"

남주 말에 피식 웃음이 나왔다. 흐흐흐, 어깨를 들썩이며 웃다가 이내 입을 다물었다. 남주 말에 웃었다는 자체가 자존심 상했다.

불닭볶음면을 먹을 때는 다들 호호 혀를 내밀었다. 입술 주변이 퉁퉁 부어오르고 눈에 눈물이 맺혔다. 지아가 정윤과 남주를 향해 "물, 물!"이라고 말했다. 남주가 물을 가져다주면서 "일단 마셔."라고 했다.

지아는 고개를 저으면서 "계산부터."라고 말하다 편의점 아르바이트생과 눈이 마주쳤다. 아르바이트생이 손을 휘휘 내저었다. 먼저 먹으라는 뜻이었다. 그러나 계산하기 전에는 남의 물건이라 함부로 먹을 수는 없다. 지아는 눈물을 흘리면서도 고개를 저었다. 할 수 없이 남주가 계산부터 먼저 했다.

"나 답답하지?"

물을 꿀꺽꿀꺽 마시고 난 후에 지아가 물었다.

"어, 엄청."

남주가 고개를 저었다.

셋은 다시 서먹해진 채로 학교로 돌아갔다. 창고에서 단체 줄넘기에 사용하는 줄을 꺼내 와 연습을 시작했다. 정윤과 남주가 줄을 크게 돌리며 하나 둘 셋을 외쳤다. 그러나 지아는 들어갈까 말까 망설이느라 번번이 타이밍을 맞추지 못했다. 이론은 완벽하지만, 현실은 다르다.

빠르거나 늦거나.

어쩌면 평생 타이밍을 맞추려다 엉거주춤한 자세로 살게 되지 않을까?

"다시 하나, 둘, 셋."

남주가 말했다.

지아는 둘에 발을 뗐다. 역시나 이번에도 빨랐다. 단체 줄넘기에 사용하는 줄은 보통 줄넘기와 달리 두껍고 무겁다. 그 줄이 머리에 떨어지자, 하늘에 별이 보이는 듯했다. 지아는 아프기도 하고 짜증도 나고 화가 나기도 해서 머리를 감싼 채 "아아아!" 소리를 질렀다.

"괜찮아?"

정윤이 달려왔다. 남주는 멀뚱히 서 있었다.

"못 하겠어, 나 못 할 것 같아."

지아가 씩씩거리며 말했다.

"안 해. 안 할 거야. 이게 뭐라고."

어느새 사위가 어둑어둑해졌다. 1년 중에서 제일 싫은 달을 꼽으라면 5월이다. 5월에는 어버이날, 어린이날, 스승의날뿐만 아니라 체육 대회가 있다. 운동 신경이 없는 아이에게 체육 대회란 고문과 다름없다. 내가 운동선수도 아닌데 운동을 꼭 잘해야 돼? 그런 반발심이 들었고 아예 체육 대회에 빠질까 하는 생각까지 했다.

"내가 빠지면 다른 애들한테 피해를 주는 거겠지?"

지아의 말에 남주가 "사람은 존재 자체가 민폐야."라고 했다.

"무슨 뜻이야? 내 존재 자체가 민폐라는 거야? 줄넘기 좀 못 한다고? 언제는 북한이라고 하더니."

"사람이 일생 동안 플라스틱을 얼마나 쓰는 줄 알아? 이산화탄소 배출량은? 멀쩡히 잘 살고 있는 동물들 데려다가 가두질 않나, 지구 온난화로 북극곰들 못살게 굴고. 사람은 태어나서 살아가는 거 자체가 민폐야."

지아는 말문이 막혔다. 화를 내고 싶은데 너무 어이가 없으니까 화도 나지 않았다. 동물들 잡아다가 동물원에 가둔 사람은 지아가 아니다. 물론 동물원에 간 적은 있다. 그렇다고 이 모든 게 내 탓이라니. 남주는 또라이가 분명하다.

"너 내가 또라이라고 생각하지? 근데 태어난 이상 남한테 아주 조금이라도 피해를 안 주는 사람은 없어. 대부분은 남한테 조금씩 피해 주고 살아. 그리고 상대는 그걸 피해라고 생각하지도 않아. 도와준다고 생각하지. 우리가 지금 너를 도와주는 것처럼."

남주가 줄을 만지작거리며 말했다. 남을 도와주는 것과 남에게 피해를 끼치는 것에는 어느 정도의 차이가 있을까?

"난 누가 곤란해하면 도와주고 싶어. 착한 척하려는 게 아니라 어릴 때부터 그랬어. 그냥 내 성격이야. 네가 단체 줄넘기 때문에 힘들어하니까 도와주고 싶어. 나쁜 마음은 없어."

쭈그려 앉아 남주를 올려다보던 지아가 벌떡 일어섰다.

"하자."

지아의 말에 정윤과 남주가 줄을 잡고 돌릴 준비를 했다. 하나 둘 셋, 구호가 남주 입에서 흘러나왔다. 지아는 이번에도 타이밍을 잡지 못해 조금 서둘러 들어가거나, 조금 늦게 들어갔다.

"줄이 무서워?"

정윤이 물었다. 지아는 고개를 끄덕이면서 "자꾸 맞다 보니까 줄만 보면 움찔하게 돼."라고 대답했다.

"트라우마인가?

트라우마⋯⋯. 정확히는 몰라도 자주 들어서 아는 단어였다. 자라 보고 놀란 가슴 솥뚜껑 보고 놀란다고, 어떤 일 때문에 고통을 겪고 나면 비슷한 일이 벌어질 기미만 보여도 마음이 먼저 고통스러워지는 것이다. 지아는 고개를 끄덕였다. 줄에 계속 맞다 보니 줄이 올라가기만 해도 몸이 움찔했다. 그만하고 싶었다.

"도와줬는데 미안하지만, 그만하자."

"알았어. 가자."

남주가 별일 아니라는 듯이 손을 탁탁 털고 말했다. 동작이 경쾌해 보여 지아도 마음이 놓였다. 교문 앞에서 정윤과 헤어지고, 남주와 버스를 같이 탔다. 둘 다 말이 없었다. 계속 뛰어서 그런지 몸이 노곤했다. 깜빡 졸았다. 눈을 떴더니 남주 어깨에 기대 있었다.

"미안. 내가 피해를."

여기까지 말했을 때 남주가 피식 웃었다. 지아도 더는 말하지 않았
다. 남에게 피해 주지 않기, 나도 피해 받지 않기. 어릴 때부터 받아
온 가정 교육이었다. 여태껏 잘 지켜 왔는데, 뭔가 이상하다는 생각이
들었다.

혹시 선택적 지킴은 아니었을까? 내가 피해 받을 때만 버튼이 눌렸
던 건 아닐까? 남주가 카톡을 안 해서 피해 받았다고 생각할 때 정말
화가 났다. 나에게 조금이라도 피해를 주면 참지 않겠다는 자세로 행
동했다. 남주의 마음을 이해하고 남주를 도와줄 생각은 하지 못했다.
그런데 지금 남주에게 도움을 받고 나니, 고맙다기보다는 창피했고
어떻게든 벗어나고 싶었다. 고마운 일에 고맙다고 말하는 건 너무 어
려운 일이었다.

"잠깐만요!"

버튼을 눌렀는데도 정류장에 서지 않고 그냥 가려는 운전기사에게
남주가 소리쳤다. 지아도 일어섰다. 아파트까지 걸어가는 길, 지아와
남주 둘 다 아무 말도 하지 않았다.

"고마워."

남주와 헤어지고 난 뒤에야 입에서 고맙다는 말이 나왔다. 못났다,
못났어. 지아는 자책했다.

집에 들어가니 엄마가 허리춤에 손을 올리고 학원 빠진 일을 추궁

했다. 지아는 아무 말도 하기 싫어 입을 꾹 닫고 방으로 들어갔다. 엄마는 모를 것이다. 내가 지금 무엇 때문에 고민하고 힘들어하는지. 피해를 안 주고 사는 게 가능할까? 지금까지는 그렇다고 생각했다. 그런데 단체 줄넘기를 하며, 아무리 연습해도 타이밍을 못 맞추면서, 남에게 피해를 주지 않고 사는 건 불가능한 일이 아닐까 하는 생각을 하게 됐다.

정말, 정말 싫은데……

"단체 줄넘기, 단체 줄넘기 시작합니다. 반별로 모이세요."

스피커에서 운동장 구석구석 다 들릴 정도로 큰 소리가 흘러나왔다. 지아는 집행을 기다리는 사형수의 심정으로 단체 줄넘기가 열리는 장소로 이동했다. 낄낄낄낄. 아이들은 뭐가 그렇게 즐거운지 웃고 떠드느라 바빴다.

내가 만약 실수하면 아이들이 뭐라고 할까?

선생님의 구호에 맞춰 드디어 단체 줄넘기가 시작됐다. 연습 때와 달리 지아는 맨 마지막에 들어가기로 했다. 시작하자마자 바로 끝나면 창피하다는 이유였다. 정윤과 세아가 줄을 돌리기 시작했고, 앞서 들어간 아홉 명이 성공적으로 줄을 넘었고, 이제 지아 차례였다.

지아는 심호흡을 크게 하고 하나 둘 셋, 구호에 맞춰 들어갔다. 어? 정말 신기하게도 줄에 걸리지도, 맞지도 않고 들어갔다. 지아는 자신의 성공을 믿을 수 없었다. 정말 내가 해냈다고? 혹시 상상 아닐까?

"야! 뭐야!"

정신을 차리고 보니 모두들 지아를 보고 있었다.

"왜?"

역시 상상이었구나 실망하면서 세아를 쳐다봤다. 세아가 피식 웃으며 말했다.

"들어오기만 하면 어떡해? 뛰어야지! 어쩐지 잘 들어왔다 했다."

고개를 갸우뚱하며 생각하다가 아뿔싸 싶었다. 무사히 줄 안으로 들어오긴 했는데 뛰지를 않았다. 바보, 멍청이, 또라이. 지아는 머리카락을 잡아 뜯었다. 애들에게 뭐라고 해야 하지?

"미안해. 나 때문에 단체 줄넘기……."

지아가 울먹이며 말하는데 아이들은 듣고 있지 않았다. 이제 계주 남았나? 아, 빨리 끝났으면 좋겠다. 이따가 떡볶이 사 먹자, 이런 말들이 들려왔다.

"얘들아, 미안해. 나 때문에 꼴찌해서."

지아는 말을 이으려고 했는데 아무도 듣지 않고 있었나. 뭐지? 아이들은 단체 줄넘기 결과에 관심조차 없었다.

처음부터 지켜보고 있던 남주가 다가왔다.

"너 때문에 꼴찌 한 게 천만다행이지. 만약 다른 애 때문에 꼴찌 했어 봐. 그럼 걔 때문에 피해 봤다고 네가 얼마나 욕했겠어."

지아가 황당해서 쳐다보니 남주는 씩 웃으며 "농담이야, 농담." 하고 갔다.

누가 들어도 농담이 아니라는 걸 알았을 거다. 지아는 쫓아가서 따지고 싶었지만, 그럴 수 없었다. 염치라는 게 있었음으로. 지금까지는 자신이 합리적이고 교양 있는 사람이라고 생각했다. 그러나 이젠 확신하지 못할 것 같다.

본의 아니게 피해를 줄 수 밖에 없는 상황이 있다는 것을 인정할 수밖에 없다. 남주에게 묻고 싶었다. 내가 줄만 보면 속이 울렁거리던 것처럼 너도 카톡 노란 창만 봐도 속이 울렁거렸는지. 만약 그랬다면 미안하다고 말하고 싶었다. 그러나 말하지는 않을 것이다. 그 정도 용기는 없으니까.

대신 언젠가 남주를 도와줄 수 있는 날이 왔으면 좋겠다고 생각했다. 도움을 주고, 도움을 받는 건 부끄러운 일이 아니니까. 마찬가지로 피해를 주는 것도 그리 부끄러운 일이 아니다. 자신도 피해를 받을 수 있다는 걸 인정하기만 한다면. 지아는 누가 자신에게 피해를 줘도 관대해지고 싶다는 소망을 품었다.

지아는 체육복 바지를 툭툭 털었다. 체육 대회가 끝나 가고 있었다.

경희 이야기

경희 이야기

– 샐러드를 먹는 시간

체육 대회가 끝나고 옷을 갈아입는데 지아가 떡볶이를 먹으러 가자고 했다. 경희가 학원에 일찍 가 봐야 한다고 하자 지아는 서운한 기색 하나 없이 알겠다고 했다. 한 번 더 말하면 생각해 볼 예정이었는데, 지아는 더 말하지 않았다. 아마 싫다는데 또 부탁하면 피해를 주는 거라고 생각할 것이다.

지아는 그런 아이다. 남에게 피해를 주는 것도 피해를 받는 것도 싫어하는 아이. 물론 자신이 피해를 줄 때보다 피해를 받을 때 더 격하게 화를 낸다.

"내가 살게, 가자."

알겠다고 하고 걸어가던 지아가 다시 와서 말했다. 경희는 고개를 갸웃했다. 지아가 두 번 얘기할 정도면 할 말이 있다는 뜻이다. 경희는 고개를 끄덕이며 옷을 갈아입었다. 운동장을 지나가는데 남주와 정윤이 보였다. 둘이 친한가? 경희는 몇 주 전의 일을 떠올렸다.

조별 과제 때 지아, 경희, 정윤, 남주, 선화는 같은 조가 됐다. 과제를 하기 위해 단톡방을 만들었는데, 남주가 카톡을 하지 않는다고 말했다. 카톡으로 의논하지 않으면 일부러 시간을 내야 하는데 다들 학원에 가느라 바빴다. 그 일로 조원들끼리 마음이 상했고 급기야 남주를 빼고 조별 과제를 수행했다.

당시 경희와 지아는 무조건 카톡을 깔라고 했고 선화는 가만히 있었고 정윤만 이랬다저랬다 했던 기억이 난다. 근데 둘이 언제 친해진 거지?

"우리 떡볶이 먹으러 가는데 같이 갈래?"

지아가 정윤과 남주를 향해 물었다.

경희는 놀란 눈으로 양쪽을 번갈아 쳐다봤다. 남주는 지아가 가장 싫어하는 스타일이다. 알량한 신념인지 고집인지 때문에 남에게 피해 주는 애. 그런 아이에게 지아가 떡볶이를 먹자고 했다.

"내가 살게."

지아의 말에 정윤과 남주가 순순히 고개를 끄덕였다.

경희는 무슨 일이 일어난 게 분명하다고 생각하면서도 애써 머릿속에서 지웠다. 지금은 이걸 생각할 때가 아니다. 자신에게 곧 닥쳐올 핵폭탄에 견주면 이런 일은 문방구에서 파는 장난감 폭죽이나 마찬가지다.

"불닭볶음면은 먹고 나면 후회하는데, 안 먹으면 생각난다."

정윤이 말했다. 그러자 지아가 "진짜 그래. 나 그날 밤새 설사했는데 오늘 또 먹고 싶어."라고 했다. 남주는 피식 웃고만 있었다. 무슨 말을 하는지 몰랐지만 알고 싶지도 않아서 떡볶이만 집어 먹었다.

학교 앞 떡볶이집은 고추장 맛보다 케첩 맛이 강하다. 처음엔 맛있어도 계속 먹다 보면 입 안이 끈적인다. 나중에는 맛도 잘 느껴지지 않았다. 국물이 묽은 떡볶이를 경희는 기계적으로 입에 넣었다.

"무슨 생각해?"

지아가 팔뚝을 툭 쳤다. 그 바람에 떡볶이가 교복에 떨어졌다.

"미안!"

짜증이 올라와서 화를 내려는 찰나, 지아가 먼저 미안하다고 했다. 이러면 할 말이 없다. 경희는 휴지로 떡볶이를 치우고 쓱쓱 교복을 닦았다. 붉은색 떡볶이 자국이 점점 번졌다.

"나 먼저 갈게."

경희는 떡볶이집을 나왔다. 뒤에서 지아가 여기 돈, 하는 소리가 들렸다. 따라오지 마, 따라오지 마. 경희는 속으로 생각했다.

학부모 상담은 왜 있는 것일까? 여태까지는 이런저런 이유로 빠질 수 있었지만, 이번 학부모 상담은 곧 있을 고등학교 입시 때문에 꼭 참석해야 한다. 그럼 엄마 없는 애는? 아빠 없는 애는? 사실 그런 아이들을 걱정하는 게 아니다. 그건 위선이다. 경희는 엄마도 있고 아빠도 있다. 그런데 뭐가 문제냐고?

"야, 같이 가."

"더 먹고 와."

"어차피 학원 시간도 간당간당해."

지아는 한동안 단체 줄넘기 핑계를 대며 학원을 빠졌다. 이제 체육 대회도 끝났으니 다시 학원에 가려는 모양이다. 사실 지아가 체육 대회 준비에 너무 열심이어서 놀랐다. 경희가 아는 지아는 단체 행동을 싫어하고 성적에만 관심 있는 애였다. 그렇다면 이유는 하나밖에 없을 것이다. 아마도 자기가 너무 못 해서 남들에게 피해를 준다고 느꼈으리라.

"너네 엄마도 내일 가셔?"

학원 엘리베이터를 기다리며 지아가 물었다. 경희는 고개를 갸우뚱하며 "모르겠어."라고 대답했다.

"날짜가 다른가? 우리 엄만 내일 간대. 특목고 원서 쓴다는 얘기하겠지 뭐."

"근데 너 정윤이랑 남주랑 친해?"

"아니, 뭐 도움 받은 게 있어서."

"도움?"

지아가 고개를 끄덕였다. 경희는 뭐라고 말할까 하다가 입을 다물었다. 너답지 않아, 같은 드라마 대사를 할 수는 없으니까. 혼혈인가? 지아의 혼잣말이 들렸다. 돌아보니 피부색이 다른 여자아이가 서 있었다.

그때 엘리베이터 문이 열렸다.

"아까 걔 혼혈 맞지?"

둘이 엘리베이터에 타고 문이 닫히자마자 지아가 물었다.

"몰라, 제대로 못 봤어. 그건 왜?"

"아니, 그냥. 지난번에 논술 주제로 다문화 가정 이야기가 나왔거든. 쌤은 다문화 가정이 점점 늘어나는 추세이니까 사회 정책과 함께 우리 인식도 변화해야 한다, 뭐 그런 얘기를 하더라고. 논술 정답은 그게 맞는데, 솔직히 개인적으로는 별로야."

"뭐가 별로야?"

"뉴스 보면 사고 많이 치잖아, 그런 사람들이. 치안에 안 좋으니까."

"뉴스엔 원래 나쁜 것만 나오잖아."

"야, 너 왜 이렇게 예민하게 굴어?"

지아가 어깨로 경희의 어깨를 툭 쳤다.

예민하게 구는 게 아니라 네가 말도 안 되는 소리를 하니까 그러지. 우리 집은 다문화 가정이야. 엄마가 외국인이거든. 국제결혼 했어. 근데 우리 엄마, 범죄 저지른 적 없어. 교통 신호도 얼마나 잘 지키는데. 차 없으면 그냥 건너도 된다는 나한테, 그러면 사람들이 우리 욕해, 라고 하는 사람이야. 우리란 외국인을 말하는 거겠지. 얼마나 조심하고 사는지 몰라. 가뜩이나 테두리 바깥에 있는데 더 밀려날까 봐.

이런 말들을 머릿속으로만 했다. 나는 용기가 없다. 나는 엄마를 사랑하지만, 엄마가 부끄럽다. 이런 생각을 하다가 경희는 울컥 눈물이 날 것만 같았다. 그래서 지아에게 인사도 하지 않고 영어 교실로 들어갔다. 경희는 지금 자신이 힘든 이유가 엄마가 외국인이기 때문인지, 엄마를 부끄러워하는 자신 때문인지, 아니면 아무것도 모르면서 함부로 말하는 지아 때문인지 알 수 없었다.

몰라서 더 괴로웠다.

하교 시간까지 엄마는 오지 않았다. 어쩌면 마주치지 않을 수도 있겠다는 일말의 희망이 보였다. 경희는 종례가 끝나자마자 교실에서 튀어나갈 준비를 했다가 이내 생각을 고쳐먹었다. 아예 늦게 나가면 아무도 보지 못할 것이다. 같이 가자는 지아에게는 영어 학원 숙제를 하고 가겠다고 둘러댔다. 이번에도 지아는 두 번 권하지 않았다. 이런 게 지아의 장점이지만, 한 번 더 물어봤으면 어땠을까 생각했다. 솔직히 말했을까? 아니, 그러지 않았을 것이다. 한 번 더 물어봤다면, 한 번 더 거짓말을 했겠지.

학교가 무덤처럼 조용해졌다. 아이들이 없는 학교는 무서웠다. 그럼 아이들이 와글거리는 학교는 안 무서울까? 생각해 보니 조용한 학교도, 시끄러운 학교도 무서웠다. 친구가 많지만 혼자 있는 것만 같다. 나라는 사람, 나를 둘러싼 환경을 아이들은 모른다. 다들 비슷해 보이지만 가까이서 보면 놀랄 정도로 다르다.

엄마에 관해 자연스레 말할 기회가 여러 번 있었다. 그때마다 입을 다물었다. 우리 엄마는 한국 사람이야, 라고 말한 적은 없지만, 어떤 사실은 말하지 않음으로써 거짓으로 둔갑하기도 한다.

3층 복도를 지나 계단으로 내려갔다. 시멘트 바닥에 발이 닿을 때마다 툭툭툭 소리가 울렸는데, 이 소리가 울릴 때마다 혼자라는 사실이 머릿속을 툭툭툭 치는 것 같았다.

"이제 가?"

고개를 들어 보니 남주였다.

"넌 왜 안 갔어?"

"가방 놓고 가서."

"가방을 놓고 가?"

교과서나 필기구를 놓고 가는 경우는 있어도 가방을 놓고 가다니. 역시 독특하다. 그대로 가려는데 남주가 "어머님이 기다리셔."라고 말했다.

"우리 엄마?"

남주가 고개를 끄덕였다.

"교문에서 기다리셔."

"우리 엄마 알아?"

남주가 별일 아니라는 듯이 "혼자 서 계시길래 내가 먼저 물어봤어."라고 했다. 내 일에 오지랖 부리지 마, 이런 말을 하고 싶었지만 그것보다 먼저 해야 할 말이 있었다.

"애들한테 말하지 마."

그러자 남주가 가만히 바라보았다. 무표정한 얼굴이어서 무슨 생각을 하는지 모르겠다.

"말할 거야?"

"뭘 말하지 말라는 건지 모르겠어."

"비꼬지 마."

경희는 남주 옆을 빠르게 지나갔다. 운동장을 가로지르다 보니 교문 앞에서 기다리는 엄마가 보였다. 어제 분명히 상담 마치고 그냥 집으로 가라고 했는데 왜 멋대로 기다리는지 모르겠다. 경희는 운동장 중간쯤에서 몸을 뒤로 돌렸다. 어차피 집이 아닌 학원으로 간다는 건 엄마도 잘 알 것이다.

학원 건물 1층에 있는 편의점으로 들어가 불닭볶음면을 먹었다. 눈물 콧물이 줄줄 흘렀다. 속상할 땐 역시 불닭볶음면이다. 그래야 매워서 우는지 화가 나서 우는지, 그것도 아니면 슬퍼서 우는지 모르게 자신을 속일 수 있으니까. 남보다 자신을 속이는 일이 더 어렵다.

"울었어?"

눈이 발개진 채로 영어 수업에 들어가자 지아가 물었다.

"불닭볶음면."

경희의 대답에 지아가 아, 하고 이해된다는 표정을 지었다. 불닭볶음면을 먹으면 눈물이 난다는 걸 이해하듯이 지아가 내 상황을 이해해 주면 얼마나 좋을까. 외국인 노동자들 때문에 치안이 나빠지는 게 아니야. 그들은 특별한 사람이 아니야. 네 이웃이야. 네가 인지하지 못해도 너는 하루에 열두 번도 더 그들을 만나. 그들이 너에게 무슨 해를 끼쳤어? 오히려 네가 그들을 색안경을 쓰고 봄으로써 피해를 준

건 아니고?

이런 말을 하고 싶었지만, 경희는 안다. 자신도 떳떳할 수 없다는 것을.

너, 정말 그렇게 생각해?

스스로 물었다.

답하지 못했다.

"학교 왔었어?"

경희가 샐러드를 먹으면서 말했다. 학원 수업을 마치고 오면 엄마는 꼭 샐러드를 만들어 준다. 파인애플을 갈아서 마요네즈, 설탕과 섞어 만든 소스를 뿌려 주는데 무척 상큼하다. 온종일 탄수화물만 먹었을 테니 집에서라도 채소를 챙겨 먹어야 한다는 게 엄마 생각이다.

"응, 선생님이 네 칭찬만 하더라. 어머니는 좋으시겠어요, 경희같이 똑똑하고 착한 딸을 둬서, 그러시던데?"

"그냥 하는 말이야. 그것도 몰라?"

"그래도 아예 불량인 애들한테는 그런 말도 안 할 거 아니야."

아까 나 기다렸어? 그 말은 하지 않았다. 엄마를 보고도 일부러 돌아간 걸 들키고 싶지 않았다.

"너네는 그런 거 없지?"

"뭐?"

"엄마가 외국인이라고 따돌리거나……."

"요새 그런 게 어딨어? 그리고 만약 그런 이유로 따돌리면 그러는 애들이 잘못된 거지."

"그렇지? 신문이나 뉴스에 그런 얘기가 하도 많아서."

"소스 좀 더 줘."

엄마가 경희의 샐러드 볼을 보더니 어깨를 툭 치고는 "얘는 채소를 먹으라니까 소스만 먹네." 했다. 그러면서도 소스를 한 국자 떠서 뿌려 줬다. 경희는 로메인 한 조각에 소스를 덕지덕지 발라 입에 넣었다. 상큼함은 사라지고 느끼함만 남았다. '적당히'를 모르면 후회하게 돼 있다.

"엄마랑 아빠는 서로 사랑해서 결혼한 거야. 결혼 정보 회사 통해서 결혼한 건 맞지만, 엄마는 아빠가 좋았어."

혹시 아까 운동장에서 뒤돌아 가던 내 모습을 본 걸까?

"아, 진짜 닭살이야. 웩!"

경희는 일부러 토하는 시늉을 했다. 엄마가 아빠한테 전화 좀 해 볼까, 하면서 방으로 들어갔다. 엄마는 분명 경희를 봤다. 경희는 확신할 수 있었다.

남주를 믿는 게 아니었다. 또라이라는 소문이 전혀 과장된 게 아니다. 애들이 또라이, 이기주의자, 문명 거부자 같은 말로 조롱할 때 한마디도 보태지 않았던 게 후회됐다. 경희는 교실 뒷문으로 들어오는 남주를 노려봤다. 남주는 예의 무표정한 얼굴을 하고 있었다.

너네 엄마 동남아 사람이라며? 이런 말을 아이들이 직접적으로 한 건 아니다. 엄마가 다녀간 이튿날은 괜찮았다. 다음 날도 괜찮았고, 그 다음 날도 괜찮았던 것 같다. 대놓고 말한 아이는 아무도 없었다.

아이들과 말말끝에 다문화 가정에 대한 이야기가 나왔다. 경기도 내의 신도시에 있는 학교 특성상 다문화 가정 아이들이 많지는 않다. 시골에는 많다는데, 그건 보지 않아서 모른다. 게다가 경희는 얼굴에서 이국적인 느낌이 전혀 나지 않아 아무도 혼혈일 거라고 생각하지 않는다.

"결국 돈에 팔려 온 거잖아. 일반 국제결혼이랑은 다른 거지."

세아였던가? 머리가 멍해져서 누구였는지 확실히 기억나진 않는다. 그러나 저지한 게 누군지는 똑똑히 기억한다. 선화였다. 선화가 옆 친구를 툭 치고는 경희 쪽을 힐끗 쳐다봤다. 선화 얼굴에 당혹스러움이 스쳐 지나갔다. 선화는 입술을 깨물었다. 걱정하는 듯했지만 모욕적이었다. 말을 꺼낸 아이보다 경희를 가리켜 주목받게 만든 선화가 더 싫었다. 싫은 감정을 넘어 증오심이 생겼다.

경희 얼굴이 불닭볶음면을 먹은 것처럼 붉어질 때 남주가 들어왔다. 경희는 남주를 툭 치고 교실을 뛰쳐나갔다.

"어? 수업 종 쳤는데."

손에 묻은 물기를 툭툭 털며 걸어오던 지아가 말했다.

지아도 알까? 그럼 나를 어떻게 생각할까? 경희는 못 들은 척 계속 뛰어갔다. 그러다 보건실로 갔다. 담임 선생님께 허락받았는지 묻기에 그렇다고 거짓말을 했다. 학생 하나가 없는데도 선생님은 찾으러 오지 않았다. 이 학교에서 경희의 존재감은 그 정도다. 어, 한 명이 없네? 하면 누가 조퇴했어요 혹은 보건실에 갔어요, 라고 대답하고, 그러면 그래, 하고 마는 정도. 종례 시간이 돼서야 담임이 들어와 경희 언제부터 없었니? 하면 누가 아까 역사 시간부터요, 하면 무슨 일 있었니? 묻고, 아무 일도 없었어요, 배가 아픈가 봐요, 하면 그렇구나 하고 마는 정도의 존재감. 담임은 종례를 마치고 교무실로 돌아가 휴대폰으로 전화를 한번 걸어 보고, 만약 안 받으면 엄마에게 전화를 하겠지.

정말 담임에게서 전화가 왔다. 배가 아파서 보건실에 있었다고 하니 허락도 받지 않고 갔다고 혼냈다. 죄송합니다, 하니 다음부터는 허락받고 가라고 했다. 혹시 무슨 일 있는 건 아니냐고 물으면 뭐라고 말해야 할까 잠시 걱정했는데 쓸데없는 고민이었다.

경희는 가방을 챙기려고 교실로 갔다. 남주가 앉아 있었다.

"나 아니야."

거짓말. 너밖에 모르는데 네가 아니면 누군데?

"어떻게 소문이 났는지는 모르지만 나는 아니야."

"그걸 어떻게 믿어?"

남주가 말을 고르는지 한참을 가만히 있다가 "너랑은 다르니까."라고 했다. 경희는 가방을 들다가 뒤를 확 돌아봤다. 너랑은 다르다? 어떻게 그런 말을 할 수 있지? 경희는 소리 지르고 싶은 충동을 느꼈다.

"너한테는 너네 엄마가 어느 나라 사람인지가 엄청 중요한 일이잖아. 근데 나한테는 그게 전혀 중요한 정보가 아니거든. 너네 엄마가 미국 사람이든 캄보디아 사람이든 아프리카 사람이든 그게 나랑 무슨 상관이야? 아무 의미도 없는 정보를 내가 왜 퍼뜨려?"

남주가 고개를 꼿꼿이 들고 말했다. 아무 의미도 없는 정보라니. 자신은 편견 따위는 전혀 없는 정치적으로 올바른 사람이라는 뜻일까?

"너 피시충이야?"

"충충 거리지 마. 그런 말 정말 싫어."

남주는 그렇게 말하더니 "근데 이렇게 말하니까 진지충 같다." 하고는 혼자 웃었다. 경희도 피식 따라 웃었다. 어이가 없었다.

"암튼 난 아니야. 오해받는 건 정말 싫으니까. 이 말 하려고 기다렸어."

남주가 확인하듯 또박또박 말하고는 교실을 나갔다. 경희는 남주와 같이 가기 싫어서 한참을 있다가 나왔다. 터벅터벅 운동장을 걸어가는데 남주가 한 말이 자꾸 떠올랐다.

너한테는 엄마가 어느 나라 사람인지가 엄청 중요한 일이잖아.

너는 쉽게 말해서 좋겠다. 경희는 혼잣말을 했다. 어린이집 다닐 때부터 우리 엄마만 얼굴색이 달랐다. 그리고 무엇보다 발음이 달랐다. 다른 애들 엄마는 또박또박 말하는데 우리 엄마는 밀가루 뭉개듯 발음을 뭉갰다. 뭐라고 하는지 몰라 몇 번을 되물어야 했다. 그래서 경희도 발음이 어눌했다. 그게 이상하다는 점을 깨닫고 혼자서 또박또박 말하는 연습을 했다.

어눌하게 말할 때와 또박또박 말할 때의 세상은 달랐다. 엄마가 외국 사람인 게 알려졌을 때와 아닐 때의 세상도 달랐다. 차별을 받아 보지 않은 사람은 모른다. 차별이 얼마나 사람을 초라하게 만드는지. 경희는 남주를 다시 만나면 말해 줘야겠다고 다짐했다.

나한테 우리 엄마가 어느 나라 사람인지가 중요한 이유는, 엄마가 다른 나라 사람이라는 이유로 눈에 보이지 않는 차별을 받아 왔기 때문이야. 아무것도 모르면서 나를 모욕하지 마. 그렇게 여기저기 충고하고 다닐 거면 차별하는 사람한테나 충고해. 나는 아닌데? 나는 차별하지 않는데? 하지 말고. 너만 차별 안 하면 되는 건 아니잖아. 경희는 혼자서 씩씩거렸다.

영어 학원에서 지아와 나란히 앉았다. 지아는 아무 말도 하지 않았다. 경희도 굳이 말 시키지 않았다. 말을 걸었다가 무시당하면 설움을 감당할 수 없을 듯했다. 그 설움은 필시 엄마에게로 향할 것이다. 엄마를 미워하는 것으로 설움을 해결하려 들 테니까. 더는 엄마를 미워하고 싶지 않았다.

지아와 말을 안 한 지 일주일이 넘었다. 우리 집이 다문화 가정이란 사실이 알려지면 여러 곤란한 일이 벌어지리라 예상했지만 지아와 절교하게 될 줄은 몰랐다. 좀 싫어할지도 모를 거라고는 생각했지만 그래도 친구라고 여겼다. 불닭볶음면도 먹기 싫을 만큼 통 입맛이 없었다.

학교, 학원, 집만 다람쥐 쳇바퀴 돌 듯 왔다 갔다 했다. 지아랑은 절대 말하지 말아야지. 절대, 절대! 날마다 그런 다짐을 했다. 지아가 말을 걸면 눈을 내리깔고 무시하는 상상도. 그러나 상상이 현실이 되기 위해서는 지아가 말을 걸어야 했는데, 지아는 그러지 않았다. 내가 너한테 뭘 잘못했는데? 우리 엄마가 외국 사람인 게 너랑 무슨 상관인데? 너한테는 그게 엄청 중요할지 모르지만 나한테는 아니야. 나는 우리 엄마가 외국 사람이든 아니든 전혀 상관없어. 이런 말도 해 주고 싶었는데 도대체 말을 걸지 않으니 할 수 없었다.

근데 이 말, 어디서 들어 봤는데?

남주가 했던 말이다. 걔도 웃기다. 제 앞가림도 제대로 못 해서 은따나 당하는 주제에 누구한테 충고질일까. 경희는 자신을 미워하다 지아를 욕하고, 남주를 비난하다 엄마를 부정하고, 끝내 자신을 미워했다. 일상만 다람쥐 쳇바퀴 돌 듯 반복되는 게 아니라 감정도 반복됐다.

고개를 숙인 채 발을 질질 끌며 빌라 입구에 들어서는데 어디선가 소리가 들려왔다. 고돌이인가? 고돌이는 경희가 물과 밥을 챙겨 주는 길냥이였다.

"고돌이야?"

경희가 낮은 목소리로 물었다.

1층에 사는 할아버지가 고돌이를 싫어해서 물 주다가 들키면 욕을 한 사발 먹는다. 1층 할아버지는 세상에 싫은 것들투성이다. 길냥이는 더러워서 싫고 옆집에 사는 20대 언니는 꼴값을 떨어서 싫고 경희 엄마는 외국인이어서 싫다고 했다. 우리나라 사람들도 살기 어려운데 자꾸 외국에서 사람들이 들어와 일자리를 차지한다며 도둑놈들이라고 했다. 그 외국인들이 대체로 한국 사람들이 기피하는 3D 업종에서 일한다는 사실은 모르는 척했다.

"고돌이가 누구야?"

고개를 들어 보니 지아가 빌라 벽에 기대서 있었다.

"뭐야? 놀랐잖아."

경희가 가슴에 손을 얹으며 말했다. 지아는 고개를 절레절레 흔들며 벽에서 몸을 뗐다.

"왜 이렇게 늦게 다녀? 한참 기다렸잖아."

"어떻게 왔어?"

"학원 차 아저씨한테 너네 집에서 내려 달라고 하니까 요 앞에 내려 줬어. 빌라 이름은 전에 너한테 들어서 알고 있었고."

놀랐던 마음이 진정되자 서먹한 느낌이 몰려왔다.

"근데 왜 왔어?"

경희는 자신의 모든 연기력을 최대한 동원해서 차갑게 말했다. 지아가 검은 봉지를 내밀었다. 불닭볶음면 두 개와 전주비빔밥 맛 삼각 김밥 두 개가 들어 있었다.

"저녁 같이 먹으려고."

"이 시간에?"

말과 달리 꿀꺽 침이 넘어갔다. 그때 1층 할아버지 집에서 "시끄러워!" 하는 소리가 들려왔다. 조금만 늦으면 밖으로 나오는 할아버지와 마주칠지 모른다. 경희는 지아의 손을 잡아끌고 계단을 올라갔다.

5층까지 쉬지 않고 올라갔더니 숨이 가빴다. 현관 비밀번호를 누르고 들어가자 엄마가 카디건에 한쪽 팔을 꿰고 있었다.

"안 오길래 마중 나가려던 참이야."

경희 뒤에서 지아가 고개를 빼꼼 내밀고 "안녕하세요."라고 인사를 했다. 집에 친구를 데려오는 건 처음이었다. 엄마가 놀란 표정을 이내 고치고는 "들어와, 들어와." 하며 지아를 반겼다. 엄마는 카디건을 도로 벗었다.

"배고프다고 해서."

경희가 말했다.

"밥은 없고 샐러드만 있는데, 샐러드도 괜찮니?"

엄마가 묻자 지아가 고개를 끄덕였다.

"얘가 라면 사 왔어. 그거 먹을 거야."

"다 늦은 시간에 라면은 무슨 라면. 하긴, 그것도 재미지. 엄마가 물 끓여 줄까?"

"우리가 할게."

엄마는 고개를 끄덕이고는 방으로 들어갔다. 친구를 데려온 것도 처음이지만 시간도 늦었다. 엄마는 이 시간에 친구를 데려온 데에는 분명 이유가 있으리라고 생각했을 거다. 경희는 전기 주전자에 물을 받고 전자레인지에 삼각김밥을 데웠다. 너무 데우면 맛이 없다. 딱 10초만 데워서 찬 기운만 가시게 해야 아삭아삭 씹는 맛이 난다. 샐러드도 꺼내 엄마표 소스를 뿌렸다.

경희와 지아는 4인용 식탁에 마주 앉아 각자 자기 몫의 음식을 먹었다. 불닭볶음면을 한 입 먹고, 삼각김밥을 크게 한 입 베어 먹었다.

"야, 속도 맞춰. 그렇게 먹다간……. 와, 근데 이거 진짜 맛있다!"

지아가 샐러드를 아삭아삭 씹으며 말했다. 엄마표 소스는 아무리 겸손하게 말해도 최상급이라고 표현할 수 있다. 겸손하지 않다면, 더 과한 표현을 쓸 수 있을 정도다. 예를 들어 둘이 먹다 하나가 죽어도 모를 맛? 그런데 이런 표현은 너무 교과서적이다.

"야, 다 먹지 마."

경희가 샐러드를 푸짐하게 집어 든 지아의 젓가락을 자기 젓가락으로 공격하며 말했다. 지아가 피식 웃다가 입에 든 샐러드를 뿜었다. 샐러드 소스가 침에 섞여 질질 흘렀다.

"아, 진짜 더러워서 같이 못 먹겠어."

경희가 미간을 찌푸리며 말했다. 지아는 잘됐다는 듯 샐러드 볼을 자기 쪽으로 가져갔다.

"잘 생각했어."

경희는 푸훗, 하고 웃었다. 불닭볶음면에 삼각김밥, 샐러드까지 먹었더니 배가 찼다. 시간은 여덟 시 반을 넘어가고 있었다. 이 시간에 지아를 홀로 보낼 수는 없다. 지아가 경희의 마음을 읽었는지 "엄마가 데리러 오기로 했어."라고 했다.

"뭐라고 말했어?"

"조별 과제 해야 되는데, 둘 다 학원 때문에 만날 시간이 없어서 너네 집에서 하기로 했다고."

경희가 고개를 끄덕였다.

엄마에게 지아를 데려다주고 오겠다고 했다. 엄마가 같이 가겠다고 했지만 경희가 말렸다. 지아가 그냥 저녁이나 같이 먹으려고 왔을 리는 없으니까. 경희는 나오는 길에 고양이 먹이 캔과 접시, 생수 한 통을 챙겼다.

빌라로 들어오는 골목 어귀에서 "고돌아, 고돌아." 하고 부르니 고돌이가 왔다.

"너무 예쁘다!"

지아가 감탄했다.

경희는 고돌이의 털을 쓰다듬고는 캔을 따서 접시에 담았다. 처음에는 아무것도 모르고 캔만 줬는데, 나중에야 고양이가 캔의 날카로운 부분에 혀를 베인다는 것을 알았다. 다치고도 다친 줄을 몰라서 상처가 더 깊어진다고 했다. 무지한 배려는 상처를 남기고 만다는 걸 고돌이에게 밥을 주며 알았다.

"고돌이랑 어떻게 알게 됐어?"

"처음에는 무서워서 피해 다녔는데, 어느 날 보니 울고 있는 거야. 그래서 계속 살펴봤지. 아무래도 목이 말라서 우는 것 같아서 편의점에서 물을 사다 주니까 꿀꺽꿀꺽 먹는 거야. 내가 준 걸 아무 의심 없이 잘 먹으니까, 뭐랄까 사랑하게 됐어. 너 그런 마음 알아?"

지아가 고개를 끄덕였다.

"나도 방금 고돌이 좋아하게 됐어. 고돌이 보러 또 와도 돼?"

"그럼 고양이 먹이 살 때 돈 좀 보태 줘. 용돈이 부족해. 어떨 땐 고양이가 아니라 돼지 같다니까."

"그래, 좋아!"

지아가 경쾌하게 말했다.

지아는 10분쯤 뒤에 엄마가 도착할 거라고 했다. 경희는 차라리 얼른 왔으면 좋겠다고 생각했다. 지아 입에서 어떤 말이 나올지 두려웠다.

"있잖아, 나도 그랬어. 외국인에 대해서 잘 모르면서, 엄마 말만 듣고 안 좋은 뉴스만 보고 무서워했어. 외국인 노동자들이 범죄 저지르고 도망갔다는 뉴스들. 만약에 내가 너네 엄마를 알았다면 그런 말은 하지 않았을 거야."

"근데 왜……."

이렇게만 말하고 경희는 휴, 하고 한숨을 내쉬어야 했다. 그러지 않으면 눈물이 펑펑 쏟아질 것 같았으니까. 간신히 진정하고 다시 입을 뗐다.

"왜 피했어?"

"음……. 어떻게 사과해야 할지 몰라서."

지아는 외국인들 때문에 치안이 나빠졌다고 말한 걸 신경 쓴 것이다. 경희는 그제야 색안경을 쓰고 있던 사람은 자신이라는 생각을 했다. 지아를 오해하고 있었던 것이다.

"나도 미안해. 나는 네가……."

"말하지 않아도 돼. 괜찮아. 솔직히 이젠 나도 뭐가 뭔지 모르겠어. 엄마 말이 다 맞는 건 아니라는 것밖에는. 어, 엄마다!"

저 멀리서 회장님이 탈 것만 같은 차가 다가오고 있었다.

"샐러드 맛있었다고 전해 드려. 야, 너한테 물 얻어먹은 고돌이처럼 나도 너네 엄마한테 샐러드 얻어먹은 거야."

"네가 고돌이처럼 귀엽다고?"

경희 말에 지아가 뛰어가려다 멈칫하고 물었다.

"그럼 안 귀엽다고?"

헐, 대꾸할 가치도 없어서 몸을 돌렸다.

집에 들어가니 엄마가 뒷정리를 하고 있었다.

"친구는 잘 갔어? 네 오빠는 재수한다는 핑계로 오늘도 늦네."

"엄마, 미안해. 사실은 엄마가 교문 앞에 서 있는 걸 봤는데."

지금이 아니면 절대 말하지 못할 것 같아 숨도 쉬지 않고 말했다.

"그런데 창피해서 다른 길로 돌아갔어. 사실 나는 엄마를 부끄러워하지 않아. 엄마를 사랑해. 엄마를 사랑하는 게 내 진심이고 다른 건 다 아무것도 아니야."

손을 멈추고 경희 이야기를 듣던 엄마가 물을 틀었다. 고요했던 공간에 쎄쎄쎄 물소리가 가득 찼다. 엄마가 뭐라고 말했지만 물소리 때문에 들리지 않았다. 경희가 "뭐라고?" 하며 다시 물었다.

엄마는 물소리보다 더 큰 소리로 뭐라 뭐라 말했다. 아니면 울고 있는지도 몰랐다. 경희는 엄마에게 더는 아무 말도 하지 않았다. 물소리를, 엄마의 울음소리를 듣고만 있었다.

아침에 일어나니 엄마 얼굴 보기가 너무 쑥스러웠다. 아, 어제 왜 그런 말을 해서는! 사랑? 아하, 불닭볶음면에 분명 이상한 게 들어간 탓일 거다. 엄마가 화장실 들어간 틈에 "조별 모임 있어서 일찍 갈게." 소리치고 집을 나섰다.

"야, 나 얼굴 엄청 부었지?"

자리에 앉자마자 지아가 찾아왔다. 눈이 너무 부어서 쌍꺼풀이 사라졌다.

"진짜 못생겼다."

"네가 그런 말을 하는 건 정말 양심 없는 일 아니냐?"

경희는 책상에 일굴을 묻었다. 그때 누군가의 손이 훅 들어왔다. 고개를 들었더니 남주였다. 남주가 눈으로 책상을 가리켰다. 노란색 포스트잇이 눈에 들어왔다.

지난주에 내가 한 말 사과할게.

너한테는 너네 엄마가 어느 나라 사람인지가

엄청 중요할지 몰라도 나한테는 아니라는 말,

무례했던 것 같아.

나는 너네 엄마가 어느 나라 사람이든

상관없다는 말을 하려던 건데, 다 변명이지.

다들 쓰는 카톡을 안 쓴다는 이유로

은따를 시키는 곳이 여긴데,

나만 신경 안 쓴다고 되는 게 아니잖아.

다들 서로를 감시하는 것 같아.

쟤는 테두리 안에 있나 테두리 밖에 있나.

쟤를 밀어내야 테두리 안에

내 자리가 생길 텐데, 하고 말이야.

나는 더 이상 여기에서 못 버틸 것 같아.

숨 막혀.

경희는 쪽지를 교복 주머니에 집어넣고 후닥닥 뛰어나갔다. 남주가 복도를 걸어가고 있었다.

"너 어디 가? 못 버티면 어떡해! 버텨야지."

"나? 화장실 가는데."

힘이 쑥 빠졌다.

"왜 오줌을 버텨야 돼? 그러다 방광 터지면 네가 책임질 거야?"

남주가 나쁜 애가 아니라는 걸 이젠 알지만, 웃음 코드만큼은 절대 이해하지 못하겠다.

"쪽지 뭐야?"

"미안하다고."

"그거 말고 못 버티겠다는 말. 그거 뭐냐고?"

"살기 힘들다는 뜻이야. 의미 부여하지 마."

"공부 열심히 해서 좋은 대학 가고 좋은 데 취직하면 다 해결될 거야. 그땐 아무도 무시 못 해."

"난 그게 해답이 아닌 것 같아."

"그럼 네가 생각하는 해답은 뭐야?"

"모르겠어. 답이 없는 것 같다는 게 내 답이야. 도무지 이곳에서는 답이 없는 듯해. 나 진짜 방광 터질 것 같아."

남주는 발끝으로 서서 화장실로 총총 걸어갔다. 경희는 교복 주머니에 넣었던 쪽지를 다시 꺼냈다. 테두리라는 말이 오래 머물렀다. 그때 종소리가 울렸다. 경희는 터벅터벅 교실로 들어갔다.

남주의 답은 무얼까.

성공하면 된다는, 내가 생각하는 해답은 정말 해답일까.

경희는 머릿속에 몰려드는 생각을 애써 외면했다. 생각을 밀쳐 낸 자리에 엄마가 만들어 준 샐러드가 자리 잡았다. 샐러드를 먹고 싶을 때면 언제든 먹을 수 있다는 게 지금은 가장 큰 위안이었다.

선화 이야기

선화 이야기

– 바통 터치

이번이 정말 마지막일까? 선화는 마지막이라는 엘의 말을 믿을 수 없었지만, 믿지 않는다고 해도 어쩔 도리가 없었다. 교과서에서만 보던 진퇴양난이라는 말을 삶에서 경험한 건 처음이다. 걸어갈수록 진흙탕에 빠지는 기분이다. 어떻게 해야 할까? 내가 사라지면 해결될까?

선화는 카카오페이를 이용해 10만 원을 보냈다. 바로 '100,000원 받기 완료!'가 떴다.

정말 마지막이지? 선화

선화의 간절한 마음에도 엘은 아무 대답이 없었다. 벌써 카톡방을 나간 것이다. 어쩌다 이렇게 됐을까? 선화는 지난 일들을 떠올려 봤다. 온통 후회뿐이지만, 다시 돌아간다고 해도 그 후회를 바로잡을 자신은 없었다. 어차피 이렇게 될 일이었다는 체념이 패배자의 한숨처럼 따라왔다. 그럼에도 다시 돌아가고 싶었다.

언제까지고 이 협박을 감당할 자신이 없었다.

엄마는 선화가 왕따를 당해서라고 생각하고 있다. 선화가 그렇게 말했기 때문에. 조금씩 소문이 돌고 있으니 엄마 귀에 들어가는 건 시간문제다. 그날이 오기 전에 전학을 가야 했다. 매일 울고불고 떼를 썼다. 존재하지도 않는 아이의 이름을 대며 눈만 마주치면 욕을 한다고 거짓말을 했다. 물리적으로 때리는 게 아니라 욕을 하거나 무시하는 거라 학폭위에 신고할 수도 없으니 그냥 전학 가게 해 달라고 졸랐다. 전학 시켜 주지 않으면 옥상에서 뛰어내릴 거라고도 했다.

수동적인 성향의 엄마는 진실을 가리는 것보다 선화를 구하는 게 우선이라고 생각했다. 전학 수속은 일사천리로 진행됐다.

같은 학교 다니던 애가 전학 온다는 말을 들었을 때 마음이 조마조마했다. 그 애가 남주라는 얘기를 듣고서야 마음이 놓였다. 진짜 왕따는 남주였다. 뭐랄까, 세상 혼자 사는 듯한 느낌을 주는 애였다. 조용한데 한번 고집을 부리면 답이 없었다. 공평이니 정의 같은 말을 내뱉을 때는 흠칫 놀랐다. 책에나 나올 법한 말을 또래가 직접 한 것은, 선화 주변에서는 남주가 처음이었다.

남주는 전학 와서 딱 한 번 아는 척을 했다. 그때 남주가 한 말이

잊히지 않는다.

"나 이제 무던하게 살려고."

그러나 그런 다짐도 조별 과제와 함께 날아갔다. 카톡으로 회의를 하자는 다수의 의견에 노, 라고 외친 것이다. 남주는 잘 참지 못하는 애였다. 남들이 그냥 넘기는 일도 넘어가기 어려워했다. 어떤 사람은 망치로 때려야만 아야, 하는데 어떤 사람은 손가락으로 살짝 찌르기만 해도 눈물을 흘린다. 자신의 아픔에만 민감한 게 아니라 타인의 아픔에도 민감하다.

애초에 은따였던 남주가 왕따를 당하게 된 직접적인 원인도, 왕따를 당하던 아이 문제를 공론화했기 때문이다. 자신이 왕따라는 사실을 가족에게만은 들키고 싶지 않았던 그 애는, 문제가 커져 학폭위가 열리자 남주를 원망했다. 그러면서 자연스럽게 왕따가 바뀌었다. 남주를 욕하면서 그 애를 포함한 몇몇 애들 사이에 유대감이 생긴 것이다.

남주는 그 일을 겪고 마음에 변화가 있었던 모양이다. 선화가 묻지도 않는데 무던하게 살겠다고 먼저 말한 걸 보면. 사람은 변할까? 변하지 않을까? 남주는 변하는 듯했지만, 결국 변하지 않았다. 카톡을 강요하는 걸 부당하다고 생각했는지 끝까지 버텼다.

그런 남주가 자신의 이야기를 알게 된다면 어떻게 반응할까? 또 공론화하려 들까? 소문은 알고 있을까? 왕따였으니 모를 확률도 높다. 물어보면 되지만 엮이고 싶지 않다. 제발 조용히 살고 싶다. 그리고 조용히 사는 데 웬만큼 성공했다고 여겼는데, 엘에게서 연락이 왔다.

엘 영상 가지고 있어.
10만 원만 보내 주면 지울게.

현기증이 났다. 앉아 있었는데도 아래로 꺼지는 기분이었다. 퇴근한 아빠가 방문을 열고 "사과 안 먹을 거야?" 하는 소리를 듣고서야 시간이 훌쩍 지났다는 걸 알았다. 다른 차원의 세상에 있다가 현실로 돌아왔다. 선화는 생각할 겨를도 없이 10만 원을 보냈다. 10만 원은 영상을 지우는 대가치고는 아주 적은 돈이었다.

엘이 10만 원을 주기적으로 요구하기 전까지는.

영상을 지웠다는 말이 거짓말이라는 걸 알면서도 시간을 벌기 위해 돈을 보냈다. 다음 연락이 올 때까지 죽은 것도 아니고 산 것도 아닌 상태로 지냈다. 혀가 바싹바싹 타들어 가는 느낌으로 살았다.

남주 문제로 정윤에게서 카톡이 왔을 땐 짜증이 극에 달했다. 잘 몰라, 라고 해도 될 일을 나 그런 애 아니야, 라고 날카롭게 말해 버렸다. 삶이 어떻게 흘러가는지 모른 채로 물길에 휩쓸려 다녔다.

여긴 어디지?

묻고 싶을 때가 있었지만 현실을 직시하기가 무서웠다. 다 나 때문이야, 내가 그날 거기에 가지 않았다면 일어나지 않았을 일이야, 그때로 돌아가고 싶어, 잘못을 바로잡고 싶어. 그러나 이런 생각의 끝엔 그때로 돌아가 일을 바로잡는다 해도 언젠가는 그런 일을 또 당할 수 있겠다는 두려움이 자리 잡고 있었다.

선화는 세상이, 한국이, 이성이 두려웠다.

열여섯. 어린이라 불리는 시기는 진작에 지났지만 아직 성인은 아니며, 남자를 안다고 말하면 따가운 눈초리를 받는 나이다. 순수를 강요받고, 순수가 깨지면 걸레라고 욕먹는 나이라는 뜻이다.

선화는 죽고 싶었다.

"또 안 먹어?"

경희가 물었다. 경희는 카멜레온처럼 친구들끼리 있을 땐 왁자지껄 떠들다가 혼자 있을 땐 가라앉은 표정을 짓는 애였다. 그런데 얼마 전부터 혼자 있을 때도 조금 가쁜 표정을 짓더니, 갑자기 선화에게 말을 걸었다.

"별로 생각 없어."

"부럽다. 난 3교시부터 난린데."

선화는 별로 말하고 싶지 않아서 책상에 엎드렸다. 경희가 갑자기 관심을 보이는 이유가 궁금했다. 혹시 소문을 들은 게 아닐까? 떠보려고 그러나? 온갖 생각이 들었다.

"아, 있잖아."

경희는 지나가다가 다시 돌아와 말을 시켰다. 문 앞에서는 지아가 경희에게 빨리 나오라고 재촉하고 있었다.

"입맛 없으면 불닭볶음면 한번 먹어 봐. 효과 직방이야."

경희는 꿀팁이라도 알려 준다는 듯이 어깨를 으쓱했다. 너는 아무 걱정 없어서 좋겠다. 먹고 싶은 게 있어서 좋겠다. 난 아무것도 먹고 싶지 않아. 물조차 먹고 싶지 않을 때도 있어. 불닭볶음면이 뭐라고.

"여기 있었어? 괜히 급식실까지 갔었잖아."

이번엔 남주다. 무슨 일인가 싶어 몸을 일으켰더니 "담임이 상담실로 오래."라고 했다.

"왜?"

남주가 어깨를 으쓱했다. 남주는 벌써 상담을 한 모양이었다. 선화는 일어나다 어지러워서 쓰러질 뻔했다. 책상을 집고서야 겨우 설 수 있었다.

"괜찮아?"

남주가 달려왔다. 선화는 말없이 손을 내저었다. 남주는 더 이상 묻지 않았다.

상담실에 가니 담임이 앉아 있었다. 선화가 맞은편에 앉자 담임은 뜨거운 녹차를 내주었다. 이제 정말 여름이었다. 가뜩이나 덥고 답답한데 뜨거운 녹차를 보자 속이 울렁거렸다. 상담실만 아니었다면 토악질을 했을 것이다.

"괜찮니?"

담임이 손수건을 내밀었다. 선화는 고개를 끄덕이며 손수건을 받아들고 "근데 왜……."라고 물었다. 담임은 한참 동안 변죽만 울리더니 결심했다는 듯이 손뼉을 딱 쳤다.

"에두르지 않고 그냥 말할게. 어머님한테 전화 받았다. 요즘 통 밥을 안 먹는다고?"

엄마가 전화를 했다고? 아마 아빠가 시켰을 거다. 엄마는 적극적으로 문제를 제기하고 해결하는 성격이 아니다.

"경희한테 물어봤더니 점심도 안 먹는다던데, 진짜니?"

대답하지 않았다.

"다이어트 때문은 아니지?"

선화는 고개를 끄덕였다.

"그래, 너 정말 말랐어. 이러다 영양실조에 걸릴까 봐 겁난다. 혹시 친구들과 무슨 문제라도 있니?"

선화는 2학년 2학기 말에 전학 왔다. 3학년 담임은 선화가 다른 학교에서 전학 온 것을 알 수도 있고 모를 수도 있다. 선화는 괜찮다고 답했다. 실제로, 친한 친구는 없었지만 나쁘게 지내는 친구도 없었다. 선화는 아무에게도 주목받지 않는 아이였다.

"그럼 뭐 때문인지 물어봐도 되니?"

"밥을 먹으면 속이 울렁거려요. 토할 것 같아요."

말을 마치고 담임 얼굴을 보니 실수했다는 생각이 들었다. 혹시 임신했다고 추측하면 어떡하지? 임신은 아닌데. 그건 절대 아닌데. 그러나 임신은 아니에요, 라고 말할 용기가 없었다. 그런 말을 서슴없이 하면 오해받을 것이다. 발랑 까진 애라고. 걸레라고. 그런 소문을 피해 전학을 왔는데 여기서마저 그런 오해를 받을 수는 없다.

"사실은 다이어트 하는 거 맞아요. 33 사이즈 되고 싶어서요."

담임 얼굴에 안도하는 기색과 의심하는 기색이 동시에 떠올랐다.

"제가 좋아하는 아이돌이 33이거든요. 똑같이 되고 싶어서요. 선생님도 아시죠? 아이유라고."

입에 모터를 단 것처럼 빠르게 말했다.

"아이유가 제 롤 모델이거든요. 너무너무 아이유처럼 되고 싶어요. 근데 앞으로는 그러지 않을게요. 생각해 보니까 안 좋은 것 같아요. 아직 점심시간 안 끝났죠? 얼른 가서 먹어야겠다. 선생님, 저 일어날게요."

선화는 선생님의 대답도 듣지 않고 상담실을 나왔다. 마음이 급해 문도 제대로 닫지 않았다. 그대로 급식실로 갔다. 밥 먹는 애들은 거의 없었다. 아주머니들도 반찬을 치우고 있었다. 선화는 식판을 들고 갔다. 아주머니가 귀찮은 표정을 짓다가 밥솥 뚜껑을 열면서 "좀 많이 먹어야겠다."라고 했다. 선화는 애매하게 웃었다.

아주머니가 직접 밥과 반찬을 퍼 줬다. 너무 많았지만 말리지 못했다. 밥이 그득한 식판을 들고 자리에 앉았다. 이걸 어떻게 다 먹지? 선화는 밥의 양에 압도당했다.

그때 맞은편 자리에 식판이 놓였다. 올려다보니 남주였다.

"나도 상담하느라 아직 못 먹었거든. 담임은 나랑 너랑 연달아 상담해서 아예 못 먹겠다. 아, 5교시에 먹으면 되나? 어른은 그게 좋겠어. 급식 시간 맞춰서 밥 안 먹어도 되는 거."

왜 이렇게 말이 많지? 전학 오기 전 학교에서처럼 무슨 정의 구현이라도 하려는 거야? 왕따 당하던 애 구해 준다고 선생님께 일렀던 것처럼 날 구해 주기라도 하겠다는 거야? 왜? 나 아주 멀쩡한데. 나 괜찮은데, 왜?

"앉아도 되지?"

선화가 고개를 끄덕였다.

"너 내가 왜 전학 왔는지 알지?"

"아무한테도 말 안 했어."

선화가 여물 씹는 소처럼 밥을 느릿느릿 씹으며 말했다.

"그 말을 하려는 게 아니라, 전학 와도 똑같다고. 거기만 벗어나면 좀 나아질 줄 알았는데 여기서도 똑같아. 답답해."

선화는 밥을 꾸역꾸역 입에 넣었다.

"카톡 안 한다고 뭐라고 하질 않나. 그렇다고 그 애들이 엄청 나쁜 애들은 아니거든. 근데 왜 모이면 꼭 그렇게 될까?"

"그런 얘기를 왜 나한테 해?"

"넌 이해할 것 같아서. 너도 그래서 전학 온 거 아니야?"

아, 애 정말 모르는구나. 나도 자기처럼 적응을 못 해서 전학 온 걸로 알고 있구나. 차라리 잘됐다 싶었다.

"난 잘 다닐 거야, 걱정 마."

"걱정하는 게 아니라……, 쩝. 그래, 밥이나 먹자."

남주가 고추장불고기를 밥에 비벼서 한 숟가락 크게 떠먹었다. 남주도 처음엔 적응하기 위해, 보호색을 띠기 위해 많이 노력했을 것이다. 아니, 노력했다. 그런데 카톡 사건을 계기로 점점 본래의 자신으로 돌아온 거겠지. 남주는 자신의 새빨간 자아를 감출 수 없는 애였고, 감추려 할수록 더 빨개지는 애였다.

왠지 남주가 감시하는 느낌이 들어 밥을 다 먹었다. 위가 찢어질 것 같았다. 수업을 듣는 내내 머리가 어질어질했다. 이마에 자꾸 식은땀이 흘러서 교복 소매로 닦아야 했다. 교실에는 동복을 입은 애들과 하복을 입은 애들이 섞여 있었다. 선화는 아직 동복을 입고 있었다. 소매가 길어 다행이다, 생각하며 이마의 식은땀을 닦는데, 그러다가…….

웩!

구역질을 하고 말았다. 두 손으로 입을 막았지만 역부족이었다. 점심에 먹은 고추장불고기와 소고기뭇국이 국수처럼 주렁주렁 흘러나왔다. 선화의 두 손바닥이 붉게 물들었다.

"어, 뭐야!"

옆자리에 앉은 세아가 소리를 지르는 바람에 선생님과 아이들의 시선이 선화에게 쏠렸다. 머릿속에서는 온갖 복잡한 생각이 엉켰다. 상담실에서 봤던 담임의 얼굴, 소심하고 심장이 약한 엄마의 얼굴이 연속으로 떠올랐고, 마지막에는 엘의 얼굴과 엘이 찍었다는 영상이 떠올랐다. 영상을 찍은 장소는 확실히 알고 있다. DVD방이었다.

엘과는 학원에서 알게 됐다. 우연히 선화를 본 엘이 연락처를 물어왔고 선화는 흔쾌히, 조금 떨리는 마음으로 휴대폰 번호를 교환했다. 엘이 선화가 좋아하는 아이돌 오빠를 닮아서 쉽게 마음을 열었다. 아이돌 오빠에 대한 환상이 엘에게로 옮아갔다. 선화는 빠르게 빠져들었다.

무슨 생각을 하고 사는지 모를 정도로 조용한 엄마, 회사 일로 바쁜 아빠 사이에서 선화는 외로웠다. 엄마는 늘 우울했다. 할머니가 아프다고 연락을 하면 병원에 모시고 가는 대신에 혼자서 훌쩍이는 사람이었다. 엄마는 어른이고 선화는 어렸지만, 보호자는 자신이라고 느꼈다. 엄마를 지켜 줘야 해, 그런 생각을 자주 했다. 이런 생각은 일이 터졌을 때, 엄마한테 말하면 쓰러질 텐데, 하는 걱정으로 바뀌었다. 엄마는 나쁜 사람은 아니지만 뭐랄까, 어른이라고 하기엔 책임감이 부족한 사람이었다.

"너 영화 좋아해?"

몇 번 데이트를 했을 때 엘이 물었다. 선화는 고개를 끄덕였다. 영화관에 가자는 건 줄 알았는데 엘이 데려간 곳은 DVD방이었다. 중학생은 못 들어가는 줄 알았는데 민증 검사 같은 건 하지 않았다. 지하로 내려가는 입구부터 음습한 느낌이 났다. 토요일 낮 2시였지만 한밤중같이 으슥했다.

아르바이트생으로 보이는 남자는 선화와 엘에게 관심도 없었다. 쓱 보고는 방으로 바로 안내해 줬다. 방에는 침대 같은 게 있었다. 선화는 뭔가 잘못됐다고 생각했다. 나가고 싶었지만 말을 하지 못했다. 어쩌면 엘과 좀 더 같이 있고 싶었기 때문인지도 모른다. 지금 와서 그 이유를 어떻게 알까. 나가지 않았다는 자신의 선택만 선연하게 후회로 남았다.

영화는 엘이 골랐다.

"영화 제목이 뭐야?"

선화가 떨리는 목소리로 물었다. 혹시 야한 영화면 어쩌지? 그런 불안감이 있었다.

엘이 풋 웃으며 "스파이더맨."이라고 했다.

선화도 따라 웃었다. 걱정한 자신이 이상한 사람이 된 것 같아 더 너털너털 웃었다. 엘은 정말 영화가 보고 싶었던 거구나. 내가 오해한 거구나. 선화는 자신의 오해가 정말 기뻤다. 영화가 상영되는 내내 엘은 집중해서 영화를 봤다. 선화는 그런 엘을 관찰하느라 영화는 제대로 보지 못했다.

"다음에 또 올까?"

DVD방을 나오면서 엘이 물었다.

"다음엔 아이언맨 보게?"

선화가 묻자 엘이 놀란 눈으로 "어떻게 알았어?" 했다.

그게 즐거웠던 마지막 데이트였다. 그다음 데이트부터 조금씩 이상해졌다. 엘의 손이 볼에서 목덜미로, 목덜미를 거쳐 가슴으로 내려왔다. 싫다고 말하면 엘이 무안해할 것 같아 몸을 비틀었다. 그러면 엘은 아무 일도 없었다는 듯이 손을 치웠다. 엘의 순진무구한 표정을 보면 선화는 괜히 미안한 마음이 들었다. 내가 오해했구나, 하고.

사실을 자꾸 오해로 치부하는 사이에 엘의 손은 당당해졌다. 엘이 성관계를 시도한 날, 선화는 머리에 삐뽀삐뽀 사이렌이 울리는 것 같았다.

"안 돼. 진짜 이건 안 돼……."

선화는 단전에서부터 용기를 짜냈다.

선화가 DVD방을 나와 집으로 가는 내내, 엘에게서는 아무 연락이 없었다. 선화도 엘의 번호를 삭제하고 카톡을 차단했다. 그렇게 끝났다고 생각했다.

그 생각이 잘못됐다는 사실을 깨달은 건 학원에서였다. 학원에서 애들이 자신을 두고 수군대는 소리를 들었다. 걸레라는 말을 듣고 설마 자신을 지칭하는 말이라고는 생각하지 못했다. 내가 왜 걸레지? 당혹스러워서 수군거림을 회피했다. 아무도 직접적으로 묻지 않아서 해명할 기회도 없었다.

시간이 지나면 괜찮아지겠지 생각했는데 소문은 학원에서 학교로 옮아갔다. 수그러들기는커녕 더 광범위하게 퍼졌다. 곧 선생님의 귀에도 들리지 않을까 두려웠다. 조마조마한 심정으로 지내다 보니 작은 소리에도 소스라치게 놀랐다. 이러다 죽을 것 같다는 기분이 들었을 즈음, 엘에게서 연락이 왔다.

엘   잘 지내?

의중을 파악하느라 힘들었다. 무슨 의미지?

고민할 필요도 없이 바로 사진이 왔다. 영상을 캡처한 사진이었다. 그 사진에는 선화가 DVD방 소파에 누워 있는 모습이 담겨 있었다. 공포는 생각을 마비시킨다. 머리가 돌아가지 않았다. 생각해야 해, 하고 자신을 닦달했지만 머릿속이 암전된 것 같았다. 선화의 말수가 줄어들고 얼굴에서 핏기가 사라지자, 눈치 없는 엄마마저 변화를 알아챘다. 선화는 엄마에게 왕따를 당하고 있으니 전학을 시켜 달라고 말했다.

이 모든 일이 일어나는 데 두 달이 채 걸리지 않았다.

"괜찮니?"

눈을 떠 보니 보건실이었다. 교실에서 토악질을 했던 일이 떠올랐다. 선화 눈에서 눈물이 줄줄 흘러내렸다. 슬프다는 생각을 하지 않았는데 눈물이 저절로 나왔다. 선화가 눈물을 다 멈추기도 전에 보건 선생님이 뭔가를 내밀었다. 선화도 아는 물건이었다. 드라마에서 본 적이 있었다.

"여기서 하라고는 안 할게. 집에 가서 해 봐."

선화가 간이침대에 누운 채로 멍하니 선생님을 올려다봤다.

"혹시 결과가 나오면 나한테 솔직히 말해 줄 수 있겠니?"

선화 이야기 101

선생님은 어떤 사람일까? 믿을 수 있는 사람일까?

"아니에요, 임신은 절대 아니에요."

선화가 말했다.

"그럼 다행인데……."

선화는 자신이 지금 어떤 협박을 받고 있는지 말하고 싶은 충동이 일었다. 어떤 남자애랑 DVD방에 갔는데, 그 남자애가 저에게 스킨십하는 장면이랑 치마 사이로 보이는 제 허벅지를 몰래 찍었어요. 돈을 안 보내면 유포할 거라고 자꾸 협박해요. 저 어떻게 해야 돼요? 제가 DVD방에 따라가지 않았으면 그런 일도 없었을 텐데……. 전 왜 이렇게 멍청하죠?

"괜찮아?"

선생님이 걱정스러운 얼굴로 쳐다봤다. 이마에서 식은땀이 흘렀다.

엄마가 학교로 데리러 왔다. 엄마와 택시를 타고 집에 가는 내내 침묵이 흘렀다. 왜 엄마는 무슨 일이 있는지 묻지 않을까. 할머니 말로는 엄마가 우울증이라고 했다. 심장이 아프면 심장병에 걸리는 것처럼 마음이 아파서 우울증에 걸린 거라고 했다. 그러니 엄마는 방패가 되어 주지 못할 것이다. 아빠는……. 선화는 고개를 저었다. 아빠가 그 영상을 보는 모습을 상상하자 끔찍했다. 안 돼, 안 돼. 어떻게든 내가 책임져야 해.

그날 밤 엘에게서 연락이 오는 상상을 했다.

이번에도 10만 원이면 돼? 나 돈 많아. 어릴 때부터 할머니 할아버지한테 용돈 받으면 모아 놓는 저금통이 있어. 거기에 돈이 엄청 많아. 내가 10만 원 줄 테니까 절대 유포하지 말아 줄래?

그러다 눈을 떴는데 정말 문자가 와 있었다.

> **엘** 이번 주 토요일 오후 3시,
> 우리 가던 DVD방 건물 롯데리아 앞에서 보자.

돈이 아니라 만남을 요구했다.

이건 무슨 뜻일까?

또 DVD방에 가자는 걸까? 설마 그건 아니겠지. 만약 그런 거라면 죽여 버릴 거야. 아, 아아. 숨을 쉴 수가 없었다. 호흡이 가빠지고 눈앞이 뿌예졌다. 선화가 죽이고 싶은 사람은 엘이 아닌 자신이었다.

학교에는 계속 나갔다. 지난번처럼 학교를 거부하면 이번엔 전학이 아니라 추궁을 당할 것이다. 아무 문제도 없는 듯이 행동해야 한다고 스스로를 다독였다. 아니, 다독였다기보다 멱살을 잡고 끌고 갔다는 표현이 맞을 것이다. 선화는 겁에 질려 생각을 제대로 할 수 없었다.

아이들이 다 자리를 비운 점심시간, 남주가 괜히 선화 주변을 얼쩡거렸다.

"넌 왜 점심 안 먹어?"

"나는 다 똑같은 시간에 우르르 나가서 밥 먹는 게 싫어. 배고플 때 먹고 싶어.”

“단체 생활이잖아.”

“네가 할 말은 아닌 것 같은데.”

선화는 입을 다물었다. 얘랑 무슨 말을 할까. 어쩌면 이런 애라서 오히려 나를 이해해 주지 않을까?

“너 내가 왜 전학 왔는지 알아?”

“알아.”

“근데 왜 말 안 했어?”

선화가 묻자 남주가 입을 삐쭉 내밀며 “그러는 너는?” 하고 물었다.

“너도 내가 전학 온 이유 아무한테도 말 안 했잖아.”

“그건 네가 난처할까 봐…….”

“나도 그래. 나도 네가 난처할까 봐.”

나를 배려해 준 거구나. 선화는 남주에게라도 기대고 싶었다. 자기에게 일어난 일을 털어놓고 싶었다. 그러나 안 된다는 걸 아주 잘 알고 있다. 아무에게도 말하면 안 된다. 내가 다 책임져야 한다. 애초에 내 잘못—DVD방에 간 것—에서 시작된 일이니까 내가 끝내야 한다. 선화는 자꾸 약해지는 자신을 다독였다.

“무슨 할 말 있어?”

남주가 물었다. 선화는 고개를 저었다. 아니, 아니야. 선화는 입을 다물었다. 남주는 한동안 선화를 주시하다가 교실을 나갔다. 선화는 다시 책상에 엎드렸다. 그때 교복 주머니가 드르르 떨려 왔다. 전화다. 휴대폰을 꺼내자 화면에 엘이라는 이름이 떠 있었다.

엘.

처음으로 좋아한 남자에게 선화가 붙여 준 별명. 그러나 이제 엘이라는 글자만 봐도 심장이 두근거렸다. 어떻게 이럴 수 있을까? 어떻게 사랑한다고 말하던 입으로 돈 보내라는 말을 할 수 있을까? 어떻게, 어떻게…….

> 엘 **전화 받아라. 안 받으면**

선화가 전화를 받지 않자 카톡이 왔다. 안 받으면, 다음엔 말이 이어지지 않았다. 다시 전화가 왔다. 선화는 휴대폰을 귀에 가져다 댔다.

"너 왜 답이 없어? 이번 주 토요일이야."

무슨 말이든 하고 싶었지만 목에 돌덩이라도 걸린 양 아무 말도 나오지 않았다.

"안 나오면 나도 어쩔 수 없어."

"……어쩔 수 없다는 게 무슨 뜻이야?"

선화가 간신히 목소리를 짜냈다.

"나는 정말 그러고 싶지 않은데, 네가 이렇게 비협조적으로 나오면 나도 내가 무슨 짓을 할지 모르겠다는 뜻이야."

결국 내 탓이라는 건가. 선화는 눈을 질끈 감았다. 심장이 자꾸 쿵하고 무너져 더는 무너질 심장도 남아 있지 않았다. 쿵쿵쿵. 얼마나 무너져야 끝날까. 내가 죽어야만 이 고통이 끝날까.

"토요일 오후 3시. 롯데리아 앞."

뚝. 전화가 끊겼다. 스르륵 손에서 힘이 풀렸다. 휴대폰이 책상에 부딪히고 바닥에 툭 떨어졌다. 도대체 어떻게 해야 할지 몰랐다.

"이거."

고개를 돌리니 남주가 선화의 휴대폰을 들고 있었다.

"들었어?"

남주가 순순히 고개를 끄덕였다.

"그거 나쁜 짓이야. 남의 통화 몰래 엿듣는 거."

선화는 주저리주저리 떠들었다. 남주가 아무 말도 하지 못하게. 남주가 혹시 통화 내용을 묻는다면 뭐라고 해야 할지 몰랐으니까. 그러다 보니 점점 화가 났다. 마치 남주가 엿들어서 일이 이렇게 된 것만 같았다.

"왜 엿들어? 내가 그렇게 만만해?"

점심을 다 먹은 아이들이 하나둘 교실로 들어왔다. 선화는 그만 해야지 생각하면서도 "너 일부러 들었지?"라고 다그쳤다.

"나가려다 귀찮아서 그냥 들어왔는데 네가 통화하고 있었어. 다시 안 나간 건 미안해. 근데 일부러 그러진 않았어."

"너 왜 내 주변에서 자꾸 얼씬대? 너는 다른 사람이 네 인생에 참견하는 거 못 견뎌하면서 왜 내 인생에 자꾸 참견해? 내 인생에 참견하지 마."

떠들며 들어오던 아이들이 선화의 큰 목소리에 멈칫했다. 어디선가 이런 말도 들려왔다. 쟤 또 사고 쳤나 봐. 남주를 향한 말이다. 아이들은 남주를 사차원, 또라이, 이기주의자라고 불렀다. 은따였다가 왕따가 됐고, 동정심을 얻어 왕따에서는 벗어났지만 그렇다고 친구로 인정받지는 않았다. 종종 정윤과 어울리는 것 같았지만 별로 친해 보이지는 않았다.

"휴, 그래. 그냥 내가 잘못했다고 쳐."

사람을 가장 화나게 하는 사과가 바로 이런 식의 사과다. 잘못했다고 치라고? 선화는 더 이상 참기 힘들었다. 괴물처럼 무시무시한 엘에게는 참았지만, 엘프처럼 연약해 보이는 남주에게는 참을 이유가 없었다.

"잘못했다고 치는 게 아니라 잘못한 거잖아. 나한테 사과해. 정식으로 사과해. 내가 만만해? 왜 나한테만 그래? 사과하라고!"

선화가 중얼거렸다. 사실 소리를 빽 지르고 싶었는데 몸에 힘이 없었다. 아침에 일어날 때마다 뼈가 약해지고 살이 빠지는 느낌이었다.

"만만한 게 나지?"

남주가 상처받은 얼굴로 선화를 노려봤다. 선화가 휘청했다. 어, 누가 선화의 팔을 잡았다. 남주는 눈물을 머금은 채 교실을 나갔다. 곧 종소리가 울리고 5교시가 시작됐다.

만만한 게 나지?

5교시 내내 남주의 말이 귓가에 울렸다.

토요일이 됐다. 어젯밤 잠자리에 들면서 간절히 빌었다. 제발 내일 눈이 떠지지 않게 해 달라고. 소원은 이뤄지지 않았다. 눈이 떠졌다. 그것도 평소보다 훨씬 일찍. 새벽 4시. 캄캄한 어둠이 집을 지배했다.

엄마 아빠는 자식에게 지금 무슨 일이 일어나고 있는지 전혀 모를 것이다. 관심은 있을까? 습관적으로 휴대폰을 켰다. 엘에게서 혹시 다른 연락이 와 있지 않을까 하고. 차라리 돈을 달라고 하면 줄 수 있다. 엘에게 주느라 많이 줄었지만 그래도 아직은 돈이 있다. 부족하면 엄마 지갑에서 훔치면 된다. 엄마는 지갑에 5만 원짜리 지폐를 뭉텅이로 가지고 있다. 선화가 돈을 달라고 하면 지갑에서 몇 장을 빼서 준다. 이유는 거의 묻지 않는다.

남주 나 남주야.

남주한테서 카톡이 여러 개 와 있었다. 카톡을 쓰지 않겠다고 버티다 결국 카톡을 깔았다는 얘기는 들었지만 직접 카톡을 받은 건 처음이었다.

남주 그 남자애 누군지 알았어.

남주 헛소문이라고 생각했어.

남주 | 아니, 헛소문이든 아니든 상관없다고 생각했어.

남주 | 너한테 무슨 일이 일어나고 있는 거지?
소문이 끝이 아니라 계속 진행되고 있는 거지?

남주 | 나도 신경 쓰고 싶지 않아.
나도 그냥 주위에서 누가 죽든 말든,
스위치 내리고 아무 신경도 쓰고 싶지 않아.
근데 어디서 자꾸 비명 소리가 들려.
지아 목소리가 그랬고 경희 목소리도.
이제 네 목소리가 들려와.

비명 소리라…….

선화는 목소리 대신 온몸으로 비명을 지르고 있었다. 귀가 아닌 눈으로 들을 수 있는 비명이었다. 그런데 선화의 비명을 들은 사람은 부모님이나 선생님이 아니라 남주였다. 남주는 어떤 애일까. 온몸의 세포와 감각이 아픈 사람을 향해 뻗어 있는 건 아닐까. 착하다 나쁘다를 떠나 그렇게 태어난 애는 아닐까. 그렇다면 남주 자신은 얼마나 아플까.

남주 | 걔에 대해 알아봤어. 걔한테 당한 애가 또 있대.

선화는 바로 통화 버튼을 눌렀다. 신호음이 연결되자마자 너무 이른 시간이라는 자각이 왔다. 끊어야지 생각하는데 전화가 연결됐다. 여보세요, 라는 말을 기다렸는데 아무 말도 흘러나오지 않았다. 숨소리만 들렸다. 쌕쌕. 조금 있다가 꿀꺽 하는 소리. 거기에 누가 있다는 신호였다.

어쩐지 그 소리가 좋았다.

잠옷에서 나는 듯한 바스락거리는 소리, 상대방의 말을 기다리며 초조하게 침 넘기는 소리, 졸음을 참는 듯한 하품 소리. 있다, 있어. 나는 혼자가 아니다. 누가 칼을 들고 달려들 것만 같은 공포가 가득한 이 세계에 나 혼자만이 아니다. 누군가 나를 지켜보고 있다. 선화는 침을 꼴깍 삼켰다.

나도 여기 있어.

선화는 남주의 부름에 응답했다. 아니, 선화의 부름에 남주가 응답한 건지도 모른다. 선화는 자신이 누군가를 애타게 기다리고 있었음을 깨달았다. 너의 잘못이 아니라고 말해 주고 도와줄 사람을. 부르는 줄도 모른 채 누군가를 부르고 있었고 여기에 남주가 응답했다.

둘은 한참 동안 아무 말도 하지 않았다.

"정말 또 있어?"

선화가 낮은 목소리로 물었다. 말이 잘 나오지 않아 흠흠 헛기침을 해야 했다.

"있어. 너 혼자만이 아니야."

"다행이다. 아니, 그게 아니라……. 그런 일이 없었으면 좋았을 테지만, 그러니까 내가 다행이라고 하는 건……."

"알아, 괜찮아."

남주가 선화를 다독였다. 선화는 누가 자신과 똑같은 일을 당했다는 게 마음 아프면서도 한편으로는 다행스러웠다. 그리고 다행이라고 생각하는 자신이, 잠깐 혐오스러웠다.

"오늘 오후에 만나자고 했어. DVD방 건물에 있는 롯데리아 앞에서. 안 나가면 영상 올릴지도 몰라."

"어떤 영상이야?"

"나도 잘 몰라. 캡처된 걸로만 몇 장 봤어. 내 허벅지랑 팬티가……."

선화는 여기까지 말하고 입을 다물었다. 더 이상 말할 수 없었다. 모른다는 게 공포심을 더 자극했다. 어떤 영상이 있는지 모르니까 자꾸 상상하게 됐고, 자신이 했던 행동이나 했을 것 같은 행동이 온종일 머릿속에서 재생됐다. 내가 더 적극적으로 굴었으면 어쩌지? 즐기는 것처럼 보이면 어쩌지? 그럼 아무도 나를 피해자로 보지 않을 거야, 라는 생각과 함께.

"스킨십은 죄가 아니야. 혹시라도 그런 생각을 하고 있었다면 그만 둬. 그걸 몰래 찍은 게 잘못이지. 그건 범죄야. 이따 너네 집 근처로 갈게. 주소 좀 카톡으로 보내 줘."

선화는 어어, 라고 흘리듯 말했다.

전화를 끊었다. 그새 사위가 조금 밝아졌다. 이제 정말 한여름이구

나. 선화 방에는 아파트 뒷산이 보이는 작은 창이 있었다. 선화는 창
문을 열었다. 햇살이 살금살금 방문 앞까지 당도했다.

어둠 속에 있었더니 햇살이 더 눈부셨다.

전라도에 사시는 할머니 생신이라 엄마 아빠와 동생은 일찍 집을
나섰다. 선화에게도 같이 가자고 했지만 선화는 공부를 하겠다고 했
다. 사실 선화는 공부와 담을 쌓았다고 해도 이상하지 않을 정도로
공부에 관심이 없었다. 그런 선화가 공부를 하겠다고 하면 이상하게
생각해야 당연할 텐데 엄마 아빠는 전혀 의심하지 않는다. 선화를 전
적으로 믿어서가 아니다. 관심이 없어서, 귀찮아서다.

선화는 그런 반응에 상처받지 않으려고 노력했다. 노력해야 한다는
건, 상처를 받는다는 의미였다. 선화는 부모의 무관심에 늘 상처를
받았다. 그래서 애정을 갈구했다. 친구에게 집착하다 절교를 당한 적
도 있다. 그래서인지 자신에게 모든 마음을 쏟는 엘에게 쉽게 빠져들
었다. 그때는 엘이 자신 앞에 나타난 천사라고 생각했다.

남주   집 근처야.

남주에게서 카톡이 왔다. 선화는 나갈까 하다가 모든 게 귀찮아져
답을 보냈다.

들어와. 선화

친구를 초대해 본 지 정말 오래됐다. 대출금 때문에 이사할 수 없어 전학도 멀리 가지 못했다. 전학이라고 해 봤자 동 하나 차이, 옆 동네다. 길거리에서 전에 다니던 학교 애들을 만날까 마음 졸인 적도 많다.

"와, 집 되게 좋다."

남주는 옆 단지 새 아파트에 사는 걸로 알고 있다. 지아와 같은 아파트 단지에 산다고 해서 알았다.

"너네 집이 더 좋잖아."

"말만 우리 집이지 거의 은행 거야."

"어, 우리도."

선화는 눈이 동그래졌다. 작은 공통점이지만 남주가 친밀하게 느껴졌다. 이런 상황에서도 유대감을 찾는 건 인간의 본능일까. 아니면 이런 상황이라서 유대감을 강력히 원하는 걸까.

"커피 마실래?"

"난 커피 안 먹어."

"원칙이야?"

선화는 농담이었는데 남주가 진지한 표정으로 고개를 끄덕였다. 카톡을 하지 않겠다고 결심한 사람이라면 커피를 안 마시겠다는 결심도 할 수 있을 것 같았다. 무슨 의미가 있는 것 같았지만 묻지 않았다.

"녹차는?"

선화 이야기 113

"그냥 물이나 줘."

남주가 식탁 의자에 앉았다. 선화는 유리컵에 찬물을 가득 담아 남주에게 건넸다. 컵에 담긴 물이 찰랑거렸다. 남주가 꿀꺽꿀꺽 물을 단번에 마셨다.

"내가 생각해 봤는데."

남주의 표정이 비장했다.

"휴대폰을 훔치자."

선화는 마시지도 않은 커피를 뿜을 뻔했다.

"말도 안 돼."

"그럼 신고할 거야?"

선화가 고개를 강하게 저었다. 법은 잘 모르지만, 최근 성범죄와 관련한 판결을 들어 보면 법이 자신을 지켜줄 거라는 기대감이 전혀 들지 않았다. 가해자에게 관대하고 피해자에게는 엄격하다는 느낌이었다. 앞날이 창창하다는 이유로 감형해 주고, 피해자답지 않게 굴었다는 이유로 진의를 의심했다. 게다가 경찰관들이 수사를 이유로 그 영상을 본다는 게 싫었다.

"컴퓨터에 옮겨 뒀을 수도 있잖아……."

선화가 말했다.

"아니. 눈에는 눈, 이에는 이밖에 없는 것 같아. 휴대폰 훔쳐서 역으로 협박하는 거지. 자꾸 협박하면 신고할 거라고."

남주가 담담한 표정으로 말했다.

"그게 통할까?"

"난 통할 거라고 봐. 아무리 무서운 거 없는 애라도 휴대폰을 경찰서에 가져다준다고 하면 쫄지 않을까? 더구나 협박당한 애가 한둘이 아닌 것 같던데."

선화 생각에는 좋은 방법 같지 않았다. 무엇보다 휴대폰을 어떻게 훔친다는 것일까?

"3시에 만나기로 했잖아. 네가 그 근처 가서 전화를 걸어. 그럼 걔가 전화를 받을 거 아니야? 그때 내가 자전거로 걔를 칠게. 그럼 넘어지면서 휴대폰을 놓치겠지. 그때 지아가 휴대폰을 훔쳐갈 거야."

"지아? 너 걔한테 말했어?"

남주가 고개를 저었다.

"아니, 아직 말 안 했는데 부탁해 보려고."

"걔가 도와줄까? 걘 절대 도와줄 애가 아닌데."

"아니, 도와줄 거야. 걔가 깍쟁이처럼 보여도 빚지고는 못 사는 애거든. 나한테 도움을 받았다고 생각하니까 아마도 그 도움을 갚으려고 할 거야."

선화는 한동안 입을 꾹 다물고 있다가 조심스레 말문을 열었다.

"나 말고 또 협박당한 애가 있는 거 사실이야?"

가장 궁금한 얘기였다. 남주가 고개를 끄덕였다.

"네 잘못이 아니야."

선화가 가장 듣고 싶었던 말을 남주가 해 줬다. 선화는 코끝이 시큰

해져 왔다. 남주는 2시에 다시 오겠다는 말을 남기고 돌아갔다.

혼자가 아니라는 사실 하나만으로 조금 용기가 생겼다.

진짜 지아가 왔다. 그리고 경희도 왔다.

남주는 선화를 위해 자세한 사정은 얘기하지 않았다고 했다. 남자의 휴대폰에 있는 사진 때문이라고만 했다고 한다.

"절도로 잡혀가는 건 아니겠지? 차라리 내가 자전거를 타고 그 남자를 칠게."

지아가 말했다.

"칠 수 있겠어?"

남주가 묻자 지아가 바로 고개를 저었다.

"절대 신고 못 해. 신고하면 자기가 저지른 짓이 바로 탄로날 텐데? 절대 신고 못 하니까 그건 걱정 마."

"넘어지면서 휴대폰을 안 놓치면?"

"그래서 두 명이 필요한 거야. 안 놓으려고 하면 우리 둘이 몸으로 누르고 네가 뺏어서 도망가. 무조건 멀리. 택시 타도 되고."

누가 봐도 어설픈 계획이었다. 이제 열여섯, 이런 일은 부모님이나 선생님, 공권력에 맡겨야 하는 게 아닐까? 선화는 계획을 짜면서도 자꾸 두근거렸다. 어른을 믿어야 하지만, 어른에게 말했다간 그러게 왜 DVD방에 갔느냐고 추궁당할 게 뻔했다. 그런 추궁을 받으면 반박할 말이 없다.

남주와 지아, 경희는 선화에게 아무것도 묻지 않았다. 남주가 묻지 않는 이유는, 아마도 대충 눈치채고 있어서일 테고, 지아와 경희는 모르겠다. 남의 일에 너무 깊이 끼어들고 싶지 않아서일 수도 있다. 지아는 자신이 진 빚, 그게 뭔지는 모르겠지만 아무튼 그걸 갚으려고 길을 나선 것 같다.

일이 잘되지 않으면 어쩌지 하는 두려움이 스멀스멀 기어 나왔지만 더는 생각하지 않기로 했다. 어차피 이게 아니면 다른 방법이 없었다. 막다른 길에 내몰리면 사고가 정지된다. 선화는 자신에게 열린 길이 단 하나뿐이라는 결론에 다다랐다.

넷은 약속 장소 근처로 갔다. 롯데리아 앞에서 엘이 흰색 티셔츠에 청바지를 입고 선화를 기다리고 있었다. 엘은 무구한 표정을 짓고 있었다. 저런 얼굴로 어떻게 몰카를 찍고 협박을 할 수 있을까? 나쁜 짓을 하는 사람은 조커 같은 얼굴을 하고 있을 거라고 막연히 생각했던 적도 있다. 누가 보더라도 나쁜 놈, 이라고 알아챌 수 있으면 좋을 텐데. 너무나 평범한 얼굴을 하고 있어서, 선화는 절망했다.

"괜찮아?"

남주가 물었다.

괜찮지 않았다. 엘의 얼굴을 보니 두려움이 되살아났다. 그래도 옆에 있는 남주와 지아, 경희를 봐서라도 힘을 내야 했다. 혼자라면 쉽게 주저앉을 수 있지만, 누가 옆에 있으면 그마저도 쉽지 않다. 억지로 끌려가는 거라도, 지금은 고맙다. 만약 그대로 방치됐다면, 남주가 손을 내밀어 주지 않았더라면 선화는……. 최악의 선택을 했을 수도 있다.

"시작할까?"

남주의 말에 선화가 휴대폰을 들었다. 엘 이름 옆의 통화 버튼을 눌렀다. 신호음이 울리고 엘이 전화를 받았다.

"여보세요."

엘의 목소리에 몸이 얼었다. 선화가 남주를 보며 고개를 끄덕였다. 남주가 자전거를 타고 달려갈 준비를 했다. 지아와 경희가 먼저 롯데리아 앞쪽으로 갔다. 엘은 당연하게도 곧 일어날 일을 짐작도 못 하는 것 같았다.

"여보세요."

엘의 목소리가 다시 들려왔다.

"……어."

선화는 간신히 용기를 냈다. 남주가 선화를 향해 고개를 끄덕이고는 앞으로 나아갔다. 어떤 일은 생각지도 못한 방향으로 흐른다. 어젯밤까지만 해도, 아니 오늘 새벽 남주의 카톡을 받았을 때만 해도 일이 이렇게 진행되리라고는 상상하지 못했다. 선화는 엘의 요구에 이러지도 저러지도 못하고 질질 끌려다니다가 소멸했을 것이다.

자전거를 탄 남주가 슈퍼맨보다 더 멋있게 엘을 향해 달려갔다.

망망대해에 혼자 떨어졌다고 생각했는데 누군가 있다는 것, 구명조끼가 보일락 말락 한다는 것 자체가 희망이었다.

"어어, 어어어어!"

남주가 엘을 정말 들이받았다.

그런데 생각지도 못한 문제가 발생했다. 토요일 오후 3시, 롯데리아 앞에는 사람이 너무 많았다. 남주가 엘을 들이받는 순간, 엘 주변에 있는 사람들이 한꺼번에 넘어지고 말았다. 그러니까 남주가 엘을 치는 순간, 엘 바로 옆에 서 있던 남자도 같이 넘어지고, 그 남자 옆에 있던 사람도, 또 그 앞과 뒤에 있던 사람도 같이 넘어졌다. 자전거의 속도 때문에 일어난 일이다. 난장판이 됐다. 누가 누군지도 모르겠고 엘 위에 남주 자전거가 놓이고 그 위에 남주, 남주 위에는 모르는 누군가가, 그 옆에는 또 누군가가, 그 누군가의 옆에는 또 다른 누군가가 같이 넘어져서 거대한 무덤처럼 됐다.

1초 전까지만 해도 서로 상관없는 사람들이었다. 누가 넘어지면, 옆에 있는 사람도 안전하지 않다. 모두 연결돼 있으니까. 타인의 불행에 눈감을 수 없는 이유다. 저 사람은 저 사람일 뿐, 저 사람이 무너져도 나는 안전할 거라는 생각 자체가 허상이다.

엘 옆에 있던 남자는 알았을까? 엘이 휴대폰으로 불법 촬영을 해서 누군가 그의 휴대폰을 뺏으려 하고, 그러다 자신이 넘어지리라는 걸? 그 남자는 불법 촬영물을 본 적이 있을까? 아니면 그런 걸 보는 사람들을 신고한 적은? 아니면 그 모든 게 자신과는 전혀 상관없는 일이라고 생각했을까? 그러나 세상에서 일어나는 일 중에 자신과 상관없는 일이라는 게 있을까?

선화는 멍하니 있다가 사람들에게 깔려 얼굴조차 보이지 않는 엘의 손을 봤다. 엘은 그 와중에도 휴대폰을 꼭 쥐고 있었다. 엘이 아무것도 보지 못한다는 상황이 선화에게 용기를 줬다. 아니, 그런 생각을 할 틈도 없었다. 다리가 먼저 움직이고 있었다. 선화는 달려갔고, 엘의 손에서 휴대폰을 뺏으려고 안간힘을 썼다.

엘은 휴대폰을 뺏기지 않기 위해 끝까지 손에서 힘을 빼지 않았다. 그때 누가 엘의 손목을 밟았다. 지아였다.

"뭐 해, 빨리 빨리!"

엘의 손에서 힘이 빠진 순간을 놓치지 않고 선화가 휴대폰을 빼앗았다. 그러고는 그대로 달렸다. 어디로 달려야 할지 몰라서 아무 데로, 최선을 다해 달렸다. 뛰고 뛰고 또 뛰었다. 눈물이 줄줄 흐르는데, 기쁨의 눈물인지 후련함의 눈물인지 슬픔의 눈물인지 알 수 없었다.

다만, 해냈다는 생각이 들었다.

엘이 자신을 짓밟는 걸 두고 보지만은 않을 것이다.

너무 숨이 차서 죽을 것 같다는 생각이 들 때쯤 "야!" 하고 부르는 소리가 들렸다.

"같이 가자니까!"

지아였다. 지아 뒤에서는 경희가 뛰어오고 있었다.

"우사인 볼트냐?"

지아는 두 손으로 무릎을 짚고 후아후아 숨을 몰아쉬었다. 경희는 얼굴이 터질 것처럼 빨갰다. 선화는 멈춰 서고 나서야 토할 것 같았다. 우웩. 선화가 토악질을 했다. 지아와 경희도 허리를 굽히고 있어 얼핏 보면 토하는 것 같았다.

시간이 조금 지나자 진정이 됐다. 진정이 되고 보니 손에 휴대폰이 없었다. 선화는 다시 새하얗게 질렸다.

"어, 어떡해…… . 어떡하지? 큰일 났어. 폰이, 폰이…… ."

선화가 중얼거리자 지아가 피식 웃었다.

"아래를 봐."

선화가 고개를 숙이니 토사물 옆에 휴대폰이 놓여 있었다. 다행이라고 안도하다가 "엇! 남주는?" 하고 물었다. 그때 저 멀리서 남주가 자전거를 타고 달려오는 모습이 보였다. 하아, 그제야 선화는 안도의 한숨을 내쉬었다.

"이 배신자들아!"

남주가 소리 질렀다.

"카톡 안 한다고 왕따 시킬 때부터 알아봤다!"

웃지 않을 수 없었다.

웃을 수 있어서 감사했다.

걷다 보니 롯데리아가 나왔다. 신도시에 산다는 건 온갖 프랜차이즈 상점을 매일 마주친다는 의미다. 롯데리아, 맥도날드, 배스킨라빈스31, 스타벅스, 백종원의 얼굴이 박힌 간판들. 백종원 아저씨 얼굴을 아빠보다 더 많이 보는 날도 있다.

"내가 살게. 뭐 먹을래?"

아이들은 불고기버거를 골랐다. 선화는 불고기버거 세트 4개를 주문해서 2층 창가로 갔다. 한동안 아무도 말이 없었다. 지아와 경희는 불고기버거를 다 먹고 콜라까지 쪽쪽 빨아 먹더니 먼저 가겠다고 했다.

배려이면서 선을 긋는 것이기도 했다. 깊은 문제에는 관여하지 않겠다는 것. 선화는 이마저도 고마웠다. 전혀 서운하지 않았다.

"고마워."

선화가 말하자, 지아가 남주를 향해 "이제 나 빚진 거 없다?"라고 했다. 남주는 "훨씬 전에 갚았어."라고 대꾸했다.

"고마워. 빚 갚은 게 아니라 네가 도와준 거야."

남주 말에 지아가 단호하게 말했다.

"아니! 나는 빚 갚은 거야. 계산은 깔끔하게."

그러자 옆에 있던 경희가 "나는 네가 부탁해서 같이 온 거니까, 넌 이제 나한테 빚이 생긴 거네?"라고 했다. 지아 얼굴에 당혹감이 스쳐 지나갔다.

"오, 마이 갓."

"그 말 너무 연극 같아."

남주가 말하자 지아가 "나도 말하면서 좀 그랬어." 하고는 자리에서 일어섰다.

지아와 경희가 나가자 햇살이 더 강해진 느낌이었다. 에어컨 때문에 시원했지만, 햇살 때문에 눈이 부셨다.

"다친 건 괜찮아?"

남주가 고개를 끄덕였다.

"이 폰 어떻게 할까? 세 가지 방법이 있어. 첫째는 한강에 버리는 것, 둘째는 가지고 있다가 걔가 협박해 오면 이걸로 역공에 나서는 것, 셋째는 내용을 확인하고 경찰서에 가져다주는 것."

선화는 휴, 하고 한숨을 내쉬었다. 세 가지 중 어떤 것도 좋은 방법 같지 않았다.

"나 말고 얼마나 더 있을까?"

"두 명? 세 명? 열 명?"

남주가 뜸을 들이다가 말했다.

"어쩌면 우리 생각보다 더 많을 수도 있어. 왜 남자 연예인들 단톡방에 여자 대상 불법 촬영물 엄청 올라온 거 봤지? 그게 한두 건이 아니래. 불법 촬영 당한 여자가 정말 어마어마하게 많대. 우리가 이 폰을 열고 내용을 확인하면 깜짝 놀랄지도 몰라. 난 그게 두려워."

남주가 말을 이었다.

"나 사실 그 연예인 좋아했어. 그래서 처음엔 안 믿었어. 정치 스캔들 덮으려고 이용하는 거라고 믿었거든. 그런데 계속 지켜보니까 그게 아니더라고. 내가 상상한 것과 완전히 다른 사람이더라고. 나는, 다른 사람을 잘 모른다는 걸 인정해야 할 것 같아. 나는 아무것도 몰라."

"나는 어떻겠어. 처음으로 좋아한 남자애가……."

선화는 말을 잇지 못했다.

사람이 사람을 안다는 게 가능할까? 엘을 좋아했지만 그 애에 대해 아무것도 몰랐다. 그리고 지아는 이기적이고 남주는 사차원이고 경희는 배타적인 애라고 생각했다. 그러나 이런 생각들도 다 틀렸다.

엘을 생각하면 사람을 안다는 게 무서웠지만, 오늘 도와준 친구들을 떠올리면 사람을 안다는 게 놀랍고 감사했다.

"영상······. 걔 컴퓨터에 이미 옮겨 놨겠지?"

남주가 고개를 끄덕였다.

"솔직히 그건 100프로일 거라고 생각해."

"그럼 나는 안전해진다고 해도, 다른 애들은 계속 협박당할 수도 있다는 거네?"

엘에게서 연락이 온다면 네 휴대폰을 갖고 있다, 또다시 협박하면 경찰에 신고하겠다고 말할 거다. 그러면 더 이상 협박하지 않을 것이다. 경찰서에 가는 건 두려울 테니까. 그러나 다른 애들을 협박하는 건 막지 못한다.

선화는 폰을 계속 노려봤다.

저 안에 어떤 영상들이 있을까? 무서워서 확인하고 싶지 않았다. 영상을 확인하고 나면 그 내용들이 귀신처럼 쫓아다닐 것만 같았다. 정확하게 말하면 영상 속 사람들이. 또래일 거라고 짐작되는, 그 아이들이.

"이거 네가 갖고 가. 네가 선택해. 어떤 선택을 하든,"

남주가 뜸을 들이다가 말했다.

"괜찮아."

선화는 남주가 가고 나서도 한참을 창가에 앉아 있었다. 햇살이 누그러지고 어둠이 살짝 내려왔다. 공허함이 친구처럼 찾아왔다. 선화는 엘의 휴대폰을 주머니에 넣었다.

자리에서 일어서는데 이제 막 걷기 시작한 아이가 아장아장 걸어오고 있었다. 선화는 아이가 지나갈 자리를 만들어 줬다. 아이 엄마가 고맙다는 의미로 고개를 살짝 끄덕였다. 선화도 고개를 끄덕이고, 계단을 내려갔다.

비밀번호를 모르기 때문이기도 했지만 두려워서 폰을 열지 않았다. 책상 서랍 맨 아래 칸에 넣고 들여다보지 않았다. 그러니 아무 일도 일어나지 않았던 것처럼 느껴졌다. 학교 갈 때나 집에 돌아오면 서랍이 눈에 띄었지만 모르는 척했다.

방이라 아무도 선화를 보지 않는데도, 선화는 누가 자신을 보고 있는 게 아닐까 싶어 서랍 아래쪽으로 향하는 눈을 재빨리 거두곤했다.

선화를 불안하게 하는 건 엘의 반응이었다. 엘은 무반응으로 반응했다. 아무 연락이 없었다. 휴대폰을 훔친 사람이 선화라는 사실을 모르는 걸까? 아니면 알면서도 그러는 걸까? 무슨 꿍꿍이가 있을 게 뻔했다. 마음이 개운하지가 않았다.

"점심 안 먹어?"

남주가 물었다. 점심은 먹을 때 있고 안 먹을 때 있다. 오늘은 별로 먹고 싶지 않았다. 불안은 점점 잦아들었다. 처음엔 엘의 휴대폰을 확보했기 때문이라고 생각했는데, 시간이 지날수록 자신을 위해 자전거를 타고 엘을 향해 달려가는 남주와 엘의 손목을 발로 짓이긴 지아의 모습이 선명하게 떠올랐다. 그럴 때면 자신도 모르게 슬쩍 미소가 걸렸다.

"넌?"

선화가 되묻자 남주가 "난 불닭볶음면 먹으려고." 했다.

"어디서?"

"학교 앞 편의점."

불닭볶음면이 아주 조금 먹고 싶었다. 어쩌면 점심시간만이라도 학교를 나가고 싶었는지도.

"밖에 나가면 안 되잖아."

남주가 낮은 한숨을 쉬며 "나는 그런 게 답답해."라고 했다.

"물론 알아. 규칙은 지켜야지. 법도 그렇고. 근데 가끔은 그런 게 나를 구속하는 것처럼 느껴져. 너는 안 나가도 돼. 강요하는 거 아니야."

"아니! 같이 가자. 나도 답답해."

교실도 더웠지만 운동장은 더 더웠다. 긴 시간도 아닌데 땡볕 아래를 걸으니 땀이 주르륵 흘렀다.

"오늘 며칠이지?"

선화가 물었다.

"몰라. 날짜 같은 거 누가 생각하고 사냐."

남주 대답이 너무 늙은이 같아서 선화는 피식 웃었다. 날짜는 모르지만 목요일이고 7월이었다. 학기 초 조별 과제를 지나 체육 대회를 지나 중간고사를 지나 기말고사를 앞두고 있었다. 시간은 차곡차곡 쌓이는 게 아니라 휙휙 지나가는 것 같았다. 지나가고 나면 아무것도 남지 않는 바람처럼. 그 사건 이후로 지아나 경희와 딱히 친하게 지내지는 않는다.

"너 되게 잘 먹는다."

남주가 선화를 보곤 놀란 듯이 말했다. 선화는 이쯤이야 하는 표정으로 호로록 불닭볶음면을 먹었다. 매운 기가 올라오긴 하지만 이 정도는 아무것도 아니다. 선화는 젓가락질 몇 번 만에 불닭볶음면을 다 먹어 치웠다. 남주가 자신의 불닭볶음면을 슬쩍 선화 쪽으로 밀었다. 사실 더 먹고 싶지는 않았지만, 남주 눈에 살짝 맺힌 눈물방울을 보고는 도와주기로 했다.

"딱 세 입만 먹고 싶어. 나머지는 누가 먹어 줬으면 좋겠어."

"지금처럼?"

남주가 헤헤 강아지처럼 웃었다.

"……연락이 없어."

"그럼 좋은 거 아니야?"

"왠지 찜찜해."

남주는 위로도 비난도 하지 않고 가만히 고개를 끄덕였다. 엘은 무슨 생각을 하고 있는 걸까. 그러나 그보다 더 걱정되는 게 하나 있다.

"다른 애들…… 혹시 아직도 협박당하고 있으면 어쩌지?"

"그것까지 신경 쓸 필요는 없어."

"거짓말."

선화가 말했다.

"솔직히 너도 걱정되잖아."

남주가 순순히 고개를 끄덕였다.

"티 나?"

선화는 고개를 끄덕이며 "티 많이 나." 했다.

"나는 왜 이 모양인지 모르겠어……. 남의 일에 신경 쓰다 왕따까지 당했는데 왜 자꾸 남의 일이 신경 쓰이는지……. 우리 이모 말로는 그게 팔자래."

"팔자?"

"사람은 다 제 팔자대로 사는 거라고, 내 팔자는 오지랖 부리다 죽을 팔자라고."

선화가 쿡, 짧게 웃었다.

"요새 그런 게 어딨어?"

"어쨌든 난 어릴 때부터 그랬대. 유치원 때 원복 안 입는다고 울고불고해서 나만 사복 입고 다녔대."

"지금은 교복 입잖아."

"살려고."

남주가 힘없이 웃었다. 남주도 적응하기 위해, 눈에 띄지 않기 위해 나름대로 노력하는 중이었다.

"스스로를 너무 괴롭히지 마. 넌 피해자야. 아무 잘못 없어."

"DVD방에 따라갔잖아……."

"길 가다 미친놈이 망치로 누구를 때리면 때린 사람 잘못이지 걸어가던 사람 잘못은 아니잖아. 누구를 좋아하고 같이 있고 싶어서 DVD방에 간 거잖아. 그게 왜 잘못이야? 몰래 촬영한 사람이 잘못이지."

선화는 "아아, 목마르다." 하고 어색하게 말하며 물병 뚜껑을 돌렸다. 민망해서 자꾸 물만 들이켰지만 많이 고마웠다. 남주는 이상하긴 해도 나쁜 애는 아니었다. 생각해 보니 당연한 말이다. 이상하다는 건 이상한 것일 뿐이다. 근데 왜 자꾸 남주를 나쁘게 생각했을까? 이상한 사람을 나쁜 사람으로 바라보는 사회의 시선을 자신도 모르게 습득한 건 아닐까.

앞으로는 이상한 사람을 나쁜 사람으로 보지 말아야겠다고 결심했다. 이상한 아이에게 도움 받은 것에 대한 나름의 보답이다.

일주일이 지나자 엘에게서 연락이 왔다. 모르는 번호여서 안 받으려다가 엘일 것만 같아 받았더니 예상대로였다. 안도와 두려움이 동시에 밀려왔다.

"컴퓨터에 다 저장해 놨어."

역시나.

"네 영상 지워 줄 테니까 폰 돌려 줘."

"네가 지웠는지 안 지웠는지 어떻게 알아?"

"못 믿으면 말고. 난 그냥 사이트에 올리면 돼."

"나도 이거 그냥 경찰서 가져다주면 돼."

"그래 봤자 집유야."

저 뻔뻔함. 선화는 화가 치밀었다. 그러자 전투력이 생겨났다. 그동안은 내가 잘못했다는 자책 때문에 상황을 객관적으로 살피지 못했다. 지금도 완전히 객관적으로 보게 된 건 아니지만 전보다는 나았다. 엘은 자신이 처음으로 좋아한 남자애가 아니라 한낱 범법자에 지나지 않았다.

"법이 참 관대하다, 누군가에게는."

선화가 자포자기한 목소리로 내뱉고는 이어 말했다.

"그래도 경찰서는 가야겠지. 조사도 받고. 아니면 검찰까지 가려나? 어쨌든 조사는 받을 거 아니야. 조사 받으면 학교에 소문나고 부모님한테 혼나겠지."

"뭐야, 진짜 신고한다고?"

엘이 생각지도 못했다는 듯이 말했다. 선화는 그대로 전화를 끊었다. 당황하는 엘의 목소리가 우스웠다. 두렵지만 눈을 감지는 않으려고 한다. 아니, 눈은 감아도 귀는 닫지 않으려고 한다. 아니다. 눈도 감고 귀도 닫아도, 입은 다물지 않으려고 한다.

도와줘, 라고 말할 것이다.

도와달라고 말하는 건 유약한 게 아니라 용기 있는 행동이니까.

엘에게서 다시 전화가 걸려오다가 바로 끊겼다.

화가 나서 통화 버튼을 눌렀다가 생각할 시간이 필요해 끊었을 거라고 추측했다. 동의 없이 영상을 올리지는 않겠지? 영상의 실체를 확인하고 싶은 마음이 슬쩍 고개를 들었지만 꾹꾹 눌렀다. 보고 나면 보기 전으로 되돌릴 수 없을 것이다. 상처받은 마음을 치유하더라도 상처받기 전으로 되돌릴 수 없는 것처럼.

> 집 앞으로 나올 수 있어?

남주에게서 문자가 왔다.

> 나 카톡 다시 탈퇴했으니까
> 이제 문자로 보내.

카톡은 왜 또 탈퇴한 걸까? 선화는 멍하니 침대에 기대 있다가 일어섰다.

> 지금 나갈게.

밖으로 나가자 후텁지근한 공기가 몰려왔다. 남주는 아파트 단지 가장 외진 곳의 벤치에 앉아 있었다. 조명이 켜져 있었지만 어두웠다.

"이렇게 늦게 다녀도 돼?"

"위험할까 봐 걱정은 하시지만, 이모가 더 늦게 오니까."

"너 이모랑 살아?"

남주가 고개를 끄덕였다.

"그럼 개량 한복 이야기는 뭐야?"

남주가 어깨를 으쓱하면서 "나도 몰라." 했다.

"소문이 어떻게 난 건지, 왜 애들은 그런 소문을 아무 의심 없이 믿는지 모르겠어."

우리는 타인에 관해 아무것도 모르면서 얼마나 아는 척하며 살아가고 있는 걸까.

"선화야, 지금부터 내가 하는 말들 오해하지 말고 잘 들어."

"무섭게 왜 그래?"

남주는 입을 꾹 다문 채 억지 미소를 짓다가 말을 이었다.

"엘한테 협박당하는 애, 너 말고 더 있다고 했잖아. 걔가 네 연락처 물어봤어. 너한테 물어보고 알려 준다고 했는데, 어떡할까?"

오해하지 말라는 의미는 뭘까? 자신은 전해 주기만 할 뿐, 결정은 직접 하라는 뜻이겠지? 선화는 순순히 고개를 끄덕였다.

"알려 줘. 아니, 나한테 걔 번호를 알려 줘. 내가 연락해 볼게."

"걔가 폰 달라고 하면? 같이 신고하자고 하면 어떡할 거야?"

선화는 고개를 저으며 "모르겠어, 그것까지는……." 하고 말했다.

남주는 고개를 끄덕이며 그 자리에서 문자로 전화번호를 보냈다. 선화는 그 번호를 저장했다. 이름을 뭐라고 해야 하나 고민하다가 '피해자2'라고 저장했다. 이제 선화는 자기가 멍청해서 당했다거나 빌미를 줬다는 생각은 하지 않으려고 했다. 사회는 피해자를 순수한 피해자인지 아닌지 판단하려 할 테지만, 자신까지 그럴 필요는 없으니까.

선화는 그냥 피해자였다.

남주가 가고 나서도 선화는 그 자리에 한동안 앉아 있었다. 문자를 보낼까 카톡을 할까 고민하다 전화를 걸었다. 즉흥적인 결정이었다. 무서울 때 웅크리는 대신에 소리 지르는 것과 같았다.

"나 선화야. 남주한테 번호 받아서."

꼴깍, 침 삼키는 소리가 들렸다. 당당하게 이야기하자, 우리는 피해를 당한 거지 가해자가 아니잖아, 라고 스스로를 토닥이는데 전화기 너머에서 음, 흠, 소리가 들려왔다. 가만히 귀 기울이자,

"어, 흑, 어, 흑."

소리가 이어졌다.

울고 있구나. 혼자서 무서웠겠다.

선화는 가만히 상대방의 울음소리에 귀를 기울였다. 선화의 울음소리이기도 하고, 같은 일을 겪은 누군가의 울음소리이기도 했다. 그러자 지난번에 자신의 목소리를 가만히 들어 주던 남주가 떠올랐다. 가

만히 들어주기만 해도 얼마나 위로가 됐는지…….

"내가, 흑, 이러려고, 흑, 전화를, 흑."

전화기 너머에 사람이 있었다.

"너무 무서워서, 혼자 막, 죽고 싶고, 그랬는데, 흑, 근데, 같은 학원 다니는 애가, 흑, 얘기해 줘서, 흑, 그래서 다행이기도 하고, 죽고 싶기도 하고, 그랬는데."

그 아이는 뭐라고 더 설명하려다 포기하고 그냥 울었다. 선화가 따라 울자 전화기 너머의 울음소리가 잦아들었다. 보통은 나를 위해서 울지만 지금은 널 위해서 울게. 선화는 속으로 생각했다. 그렇게 둘은 울음을 주고받았다.

시간이 얼마나 지났을까. 울음소리가 멈추고 얼마 지나지 않아 전화가 끊겼다. 선화는 다시 걸지 않았다. 왜 이렇게 으슬으슬하지 생각하면서 손부채를 부쳤다. 몸은 더운데 마음이 추웠다.

7월. 이 시간도 지나가겠지.

어른들은 나이 드는 게 서글프다고 하지만, 선화는 그렇지 않았다. 이 또한 지나간다는 희망이 없다면 견뎌 내지 못할 것 같다. 얼른 어른이 되고 싶다. 쑥쑥 커 버리고 싶다. 아니면 멀리뛰기라도 하고 싶다. 멀리뛰기 금메달 선수처럼, 이 시간을 스킵해 버리고 싶었다.

피해자2 자?

선화가 '피해자2'라고 저장한 아이의 카톡이었다.

> 이름 물어봐도 돼? `선화`

선화가 물었다.

`피해자2` 연미.

> 바꿔야겠다. `선화`

선화는 '피해자2'라는 이름을 연미라고 바꿔 저장했다. 피해자가 맞지만 피해자인 게 전부는 아니니까 연미라고 불러야지. 연미, 연미. 예쁜 이름이다.

`연미` 폰에 내 영상도 있는지 확인해 줄 수 있어?

> 사실 나, 폰 확인 안 해 봤어. `선화`

`연미` 왜?

> 무서워서. `선화`

`연미` ······알 것 같아, 어떤 맘인지.

> 협박 받았어? `선화`

`연미` 응, 며칠 전에도. 넌?

선화 나는 똑같이 협박했어.
나도 증거 갖고 있다고!
한 번만 더 협박하면
경찰서에 가져다줄 거라고.

연미 부럽다.

선화 도와줄게.
혹시 걔가 또 협박하면
폰 이야기 해.

연미 그래도 될까?
이렇게 도움만 받아도……

선화 나도 혼자서 훔친 게 아니야.
도움 받았어, 친구들한테.

연미 근데 있잖아.

연미가 한동안 뜸을 들였다.

연미 내 친구 중에, 아니 친하지는 않고
얼굴만 아는 애 중에, 또 피해 당한 애가 있어.
걔를 모른 척할 수가 없어. 걔도 도와주면 안 될까?

도대체 피해자가 몇 명이나 되는 걸까?

왜 가해자는 뻔뻔하게 돌아다니고 피해자는 숨어서 전전긍긍해야 하는 걸까. 선화는 참을 수가 없었다. 참을 수 없었지만, 참는 것 말고는 아무것도 할 수 없었다.

폰을 제출하면 경찰들이 선화의 영상도 다 볼 테니까. 여경만 보게 해 달라고 요청할 수 있을까? 아니야, 공권력을 집행하는데 나만 배려해 달라고는 할 수 없어. 아니, 애초에 공권력이 왜 필요한데? 선화는 가슴속에 곧 터질 것 같은 풍선을 넣고 있는 것처럼 답답해져 왔다.

연미
너무 무리한 부탁이지? 미안해.
나도 부탁하는 처지이면서······

네 마음 알아.
걔가 자꾸 생각나는 거지?
선화

연미
응, 내 일만 해결되면
후련할 것 같았는데
힘들어하는 친구 얼굴이
자꾸 떠올라.

연미
얼마나 조마조마할까
얼마나 힘들까
그런 생각하면 미칠 것 같아.

연미   나도 내가 왜 이러는지 모르겠어.

우리가 인간이라 그런가? 사람이라서?

   선화는 눈을 감았다.

   한 번도 본 적 없는 연미의 친구라는 애가 떠올랐다. 흐릿하지만 분명 인간의 얼굴을 하고 있었다. 왜 어떤 사람은 조금의 죄책감도 없이 남을 푹푹 찌르고 다니고, 어떤 사람은 본 적 없는 사람의 상처까지 아파하는 걸까. 같은 인간인데 왜 이리 다른 걸까.

   선화는 희망과 절망에 대해 생각했다. 인간이 희망이고 절망이다. 엘의 휴대폰을 손에 넣기까지의 과정을 되돌아봤다. 거기에는 많은 친구들의 선의가 있었다. 그 선의가 없었다면 결코 휴대폰을 손에 넣지 못했을 거다. 그러자 어디선가 용기가 솟았다.

   인생에서 용기를 내야 할 때가 있다면, 바로 지금이라는 확신이 들었다.

   식탁 위에는 약이 놓여 있었다. 엄마가 오랫동안 복용하고 있는 우울증 약이다. 아빠는 아침을 먹는 중이고, 엄마는 소파에 누워 있었다. 아침은 월식으로 끊어 먹는 배달 음식이다.

   "오늘 학교 빠지려고요."

   선화가 아빠와 엄마를 번갈아 보며 말했다. 엄마가 몸을 일으켰다. 아빠는 입으로 가져가던 숟가락을 내려놨다.

"경찰서 가야 해서요."

엄마와 아빠는 경찰서라는 말을 생전 처음 들어 본 사람처럼 얼어붙었다.

"제가 불법 촬영을 당했어요. 그런데 누가 그 폰을 찾아 줘서, 경찰서에 가져다주려고요."

아빠가 안경을 치켜올리며 간신히 입을 열었다.

"요새 회사 일이 너무 바빠서…… 너한테 신경을 못 썼다. 선화야, 정말 네가 찍힌 거야?"

아빠가 침착하기 위해 노력하는 게 눈에 보였다. 아빠도 엄마도 자식에게 큰 관심은 없지만 눈앞의 문제를 무시하지는 않을 것이다. 왕따 당하는 중이라는 선화에게 참고 견디라고 하는 대신에 전학 시켜 줬던 것처럼 최소한의 도움을 줄 것이다. 선화는 엄마 아빠에게 부모 역할을 요구하기로 결심했다.

이런 결심은 남주 덕분이다. 남주에게 아무 조건 없는 도움을 받고 나니, 인간이라는 이유만으로도 그런 도움을 받을 지격이 충분하다는 걸 깨달았다. 얼굴 한 번 본 적 없는 연미의 친구를 위해 용기를 내기로 한 이유도, 인간이기 때문이다.

평화로웠던, 평화로운 것처럼 위장된 집안에 작은 파장이 일었다.

선화는 주머니에서 휴대폰을 꺼냈다.

"경찰서에 같이 가 주세요."

아빠도 휴대폰을 꺼내 어딘가로 전화를 걸었다. 어, 내가 일이 있어서, 이런 말들이 들려왔다. 엄마는 멍하니 선화를 바라보다가 무릎에 얼굴을 파묻으며 어깨를 들썩였다.

선화는 울지 않으려고 입술을 꾹 깨물었다.

앞으로 펼쳐질 일들이 녹록지는 않겠지만, 그럴 때면 엘의 휴대폰을 손에 넣기까지의 과정을 떠올릴 것이다. 쉽게 절망할 수는 없다. 인간다움을 지키며 살아갈 것이다.

정윤 이야기

정윤 이야기

– 두 번은 없다[1]

불닭볶음면을 쳐다보자 속이 울렁거렸다. 분위기에 휩싸여서 애들 먹을 때마다 같이 먹었는데, 어느 날부터인지 보기만 해도 속이 거북했다. 물론 처음엔 정윤도 맛있다고 생각했다. 그래서 애들이 먹자고 하면 무조건 따라나섰다. 그런데 어느 순간부터 속에서 받지 않는다는 걸 알았다.

"불닭볶음면 먹을 건데 같이 갈래?"

속이 아프기 시작한 뒤로도 애들이 물어보면 무조건 고개를 끄덕였다. 싫다고 말해서 분위기를 어색하게 만들기 싫었다. 무엇보다 주목받는 게 싫었다. 다들 예스라고 하는데 혼자만 노라고 외치는 행동은 정윤의 눈에 관종처럼 보였다.

---

1 비스와바 쉼보르스카의 시 〈두 번은 없다〉 제목을 챕터의 제목으로 빌려 왔음을 밝힌다.

정윤은 어쩔 수 없이, 아니 당연하게도 남주를 떠올렸다.

'두루뭉술'이라는 말과 대척점에 서 있는 애. 혼자 겉도는가 싶었는데 은근히 아이들과 연락하고 지내는 애. 얼마 전에는 롯데리아에서 남주가 지아, 경희, 선화와 햄버거 먹는 모습을 봤다. 아는 척하려다가 여기는 어쩐 일이냐고 물을 것 같아 황급히 모자를 푹 눌러쓰고 뒷문으로 나왔다.

그날 정윤은 왜 거기에 갔나.

정윤은 시를 쓰러 그곳에 갔다. 집에 있으면 엄마가 자꾸 무슨 공부하느냐고 물어서 집중할 수가 없었다. 시를 사랑하고 시를 쓴다는 건 절대 밝힐 수 없는 비밀이다.

아이돌 중에 누굴 좋아하는지, 어떤 드라마를 좋아하는지, 어떤 웹툰을 좋아하는지는 비밀이 아니다. 누구나 자랑스럽게, 아니 떳떳하게 말할 수 있다. 어떤 노래를 좋아하고 어떤 춤을 좋아하는지도. 그러나 시를 좋아한다고는 말할 수 없다.

나는 시 읽는 걸 좋아해.

시를 쓰는 것도 좋아하고.

나지막이 시를 읊다 보면 나 자신이 마냥 싫지만은 않아.

이렇게 말하면 애들은 분명 남주를 쳐다보던 눈빛과 같은 눈빛으로 정윤을 바라볼 것이다. 나와 다른 타인을 보는 눈빛으로…… 정윤은 그 눈빛을 견딜 수 있을 만큼 강한 아이가 아니었다. 정윤은 자신이 나약하다는 사실을 잘 알았고, 시는 나약한 사람을 감싸 주는 따뜻한 품처럼 느껴졌다.

"안 먹어?"

지아가 재촉했다. 정윤이 다니는 학원은 지아랑 경희가 다니는 학원과 같은 건물에 있다. 지아와 경희는 벌써 불닭볶음면을 다 먹은 상태였다.

"천천히 먹을게."

둘은 올라가고 정윤만 남아서 불닭볶음면을 먹게 됐다. 더는 먹지 말아야지, 분위기 따위는 신경 쓰지 말아야지 다짐했지만, 정윤은 알았다. 다짐을 지키지 못하리라는 걸.

영어 수업을 듣는데 자꾸 졸렸다. 불닭볶음면을 다 먹고 요거트까지 먹은 게 잘못이었을까. 배가 부르니 잠을 주체할 수가 없었다. 꾸벅꾸벅 졸다가 눈을 부릅뜨고 앞을 보다가 다시 그 상태로 고개를 좌우로 헤드뱅잉 했다. 난 조는 게 아니야, 난 의식이 있어, 라고 혼잣말을 하다가 문득 이상하다는 생각이 들어 눈을 부릅뜨고 주위를 돌아봤다. 몇몇 애들이 정윤을 보며 킥킥대고 있었다.

"술 마셨어?"

영어 선생님이 농담이라는 듯 피식 웃으면서 물었다. 정윤은 얼굴을 붉혔다.

"배부르지, 에어컨에서 시원한 바람 솔솔 나오지, 아주 살판났네 살판났어."

영어 선생님이 문제집을 소리 나게 탁자 위에 툭 내려놓았다.

"지금은 너희가 부모 돈으로 시원한 학원에서 편하게 공부하지만, 십 년만 지나 봐. 그때도 한여름에 시원하게 지낼 수 있는지. 자, 다들 내 말 따라 해 봐. 공부를 안 하면."

"공부를 안 하면."

"더울 때 더운 데서 일하고."

"더울 때 더운 데서 일하고."

"추울 때 추운 데서 일한다."

"추울 때 추운 데서 일한다."

선생님의 말을 따라 하는 아이들의 얼굴에 마치 재밌는 개그 프로그램이라도 보는 듯한 표정이 어렸다. 정윤은 고개를 돌리다 복도에서 청소하다 잠깐 허리를 편 아주머니와 눈이 마주쳤다. 아주머니 얼굴에는 땀이 흘러내리고 있었다. 복도에는 에어컨이 없다.

정윤은 수업 시간 내내 고개를 들 수가 없었다.

정윤이 학교에 도착해 가방을 내려놓고 노트를 꺼내는데, 세아가 잔뜩 찌푸린 채로 자신을 쳐다보고 있는 게 느껴졌다. 내가 뭐 잘못한 게 있나? 정윤은 기억을 더듬어 봤다. 세아와 얼굴 붉힐 일은 없었다. 다시 보니 세아는 정윤을 보는 게 아니었다. 정윤이 아닌 정윤 뒤의 허공을 보고 있었다. 아마도 곧 있을 기말고사 때문에 힘든 모양이다. 공부 때문에 가장 힘들어하는 애들은 공부를 못하는 애가 아니라 공부를 잘하는 애다. 공부를 못하면 공부 때문에 힘들 일이 없다. 안 하니까. 무슨 일이든, 하면 힘든 것이다. 정윤이 시 때문에 고민하는 것처럼…….

시를 쓰지 않으면 시 때문에 고민할 필요가 없다. 그러나 정윤은 시를 잘 쓰고 싶어서, 시가 좋아서 고민하고 가슴앓이 한다. 시를 좋아하게 된 건 언제부터일까? 아마 두 달 정도 됐을 거다. 그전까지 정윤에게 시는 그저 국어 시험에 나올 수도 있는, 그러니까 공부해야 하는 시험 범위 중 하나였다. 시를 좋아한다는 건 상상조차 할 수 없는 일이었다. 시는 사랑해야 하는 대상이 아니라 공부해야 할 대상이었으니까. 많은 아이들에게 그렇듯이 말이다. 그러다 우연히 그 시를 보게 됐다.

서점에 문제집을 사러 간 참이었다. 평소 같았으면 필요한 문제집만 사서 바로 나왔을 것이다. 그런데 그날은 어쩐 일인지 조금 더 서점에 머물고 싶었다. 뭘 찾는지도 모른 채 어슬렁어슬렁 걸어 다니다가 시 코너에 이르렀다. 이 시집 저 시집 집었다 내려놨다 하다가 초록색 표지의 두툼한 시집을 보게 됐다. 노벨 문학상 수상 작가의 시집이라는 띠지가 둘러 있었다. 노벨 문학상이라는 권위에 이끌려 시집을 펼쳤다. 노벨 문학상을 받은 사람의 작품이라면 당연히 좋을 거라고 생각했다. 심사위원들은 모두 똑똑한 사람들이니까 시시한 사람에게 상을 주지는 않았을 거라 믿었다. 그러니까 정윤은, 시조차 무슨무슨 딱지가 붙어 있어야 읽는 아이였다.

시집을 대충 넘기다 〈두 번은 없다〉라는 시를 발견했다.

두 번은 없다. 지금도 그렇고
앞으로도 그럴 것이다. 그러므로 우리는
아무런 연습 없이 태어나서
아무런 훈련 없이 죽는다.[2]

진실 같았다. 거짓말 같지 않았다. 정윤은 확신했다.

주머니에 있는 돈은 딱 2만 원. 만점 받는 데 도움이 될 문제집 한 권과 햄버거 세트 하나를 사 먹으면 끝나는 돈이었다. 시집은 두꺼워서인지 비쌌다. 이 시집을 사면 문제집도 햄버거 세트도 사지 못한다. 정윤은 고민했다.

짧은 시간 동안 미래를 떠올렸다. 정윤의 미래를 밝게 해 줄 건 문제집이었고, 정윤의 배를 채워 주는 건 햄버거 세트였다. 시는 진실이지만, 어디에도 도움이 되지 않을 것이다. 시집을 산다고 뭐가 달라질까? 정윤은 이성적으로 생각했다. 그런데 손이 문제였다. 손이, 시집을 들었다.

---

2 비스와바 쉼보르스카 지음 | 최성은 옮김 | 〈두 번은 없다〉, 《끝과 시작》 | 문학과 지성사 2016

시집을 판매대에 올려놓고 돈을 꺼내는 순간, 엄마에게 혼나지 않을까 하는 걱정과 쓸데없는 데 돈을 쓰는 자신을 향한 원망이 동시에 일었다. 그런 한편으로 어쩐지 가슴이 뛰었다. 얼른 서점 앞에 있는 벤치에 가서 천천히 읽고 싶었다.

시집 속에 삶의 진실이 있을 것 같았다.

정윤은 진실을 알고 싶었다. 세상은 협박만 하는 것 같았다. 지금 제대로 공부하지 않으면 추울 때 추운 데서 일하고 더울 때 더운 데서 일하게 될 거라고 협박했고, 추울 때 추운 데서 일하는 사람과 더울 때 더운 데서 일하는 사람을 조롱했다. 정윤의 아빠는 추울 때 추운 데서 일하고 더울 때 더운 데서 일한다. 그런데 정윤이 가장 화나는 건, 이게 거짓말이 아닐 수도 있다는 거다. 이게 생의 진실이면 어쩌지? 정윤은 두려웠다.

그날, 정윤은 벤치에 앉아 시집을 넘겼다.

시에는 멸시와 조롱이 없었다. 위로와 위안이 있었다. 사람을 사람으로 대했다. 협박하지 않았다. 그것만으로 충분했다. 늘 총을 들고 잠을 자는 기분이었는데, 시를 읽을 땐 옷 한 장 걸치지 않고 잠을 자는 기분이었다. 편안했다. 그렇게 시를 사랑하게 됐다.

"너 뭐 해?"

고개를 돌아보니 남주였다. 정윤은 연습장을 가리며 되물었다.

"왜?"

남주는 "체육 시간인데 너만 남아 있길래." 했다. 칠판을 보니 수업 시간이 바뀌었다고 쓰여 있었다. 3교시 체육이 2교시로 바뀐 것이다. 정윤은 얼른 체육복으로 갈아입고 교실을 나섰다.

몸을 움직이며 하늘을 올려다봤다. 구름에 시가 걸려 있는 듯한 착각이 들었다.

날이 좋았다. 점심을 마시듯이 먹고 교실로 돌아와 노트를 찾았다. 노트를 들고 벤치로 가서 하늘에 대해 써 보고 싶었다. 푸른 하늘과 포근한 햇살에 대해. 체육 선생님이 체력이 곧 성적이라며, 지금 열심히 체력을 기르지 않으면 고3 되어서 땅을 치고 후회한다고, 시시한 대학 가서 시시한 인생을 살고 싶으냐고 협박한 건, 단 한 마디도 쓰지 않을 것이다.

시인이라면 체육 선생님처럼 말하지 않았을 것이다.

시시해 보이는 누군가의 인생도 자세히 들여다보면 시시하지 않을 거라고 말했을 거다. 아니, 시시하면 어떠냐고 했을 것이다. 사랑이 있다면, 사랑하는 마음이 있다면 시시해도 괜찮지 않으냐고 말이다.

"어? 내 노트!"

노트가 없었다. 점심시간은 점점 줄어드는데 노트가 보이지 않았다. 노트에는 정윤이 직접 쓴 시가 있다. 서툴지만 정윤이 한 글자 한 글자 고민하며 쓴 시다. 잘 쓴 시는 아니어도 소중했다. 정윤의 머릿속에 남주가 떠올랐다. 남주는 정윤의 자리 앞에 서서 정윤의 노트를 오래도록 응시했었다.

정윤은 태생적으로 다툼과 갈등을 싫어하는 성격이지만, 이번에는 참을 수 없었다. 정윤은 남주 자리로 뛰듯이 달려갔다.

"너야?"

정윤이 묻자 점심도 거른 채 책상에 엎드려 있던 남주가 몸을 일으켰다.

"뭐가?"

다행히 아이들은 아직 돌아오지 않았다. 아이들이 점심 먹고 돌아오기 전에 노트를 찾아야 한다.

"내 노트. 아까 봤잖아. 1교시에."

"아, 시 노트?"

남주는 이제야 떠올랐다는 듯이 고개를 끄덕였다.

"잃어버렸어?"

잃어버렸어, 라고 묻는 건 자신은 가져가지 않았다는 뜻이다. 남주가 아니라면 누굴까. 누가 내 노트를 가져갔을까. 혹시 시를 읽고 비웃지는 않았을까?

"거짓말이지?"

엉뚱한 말이 튀어나왔다. 부주의하게 잃어버린 사람이 되는 것보다 상대방을 거짓말쟁이로 모는 게 더 편하니까. 그러나 말을 하면서도 정윤은 남주가 범인이 아니라는 걸 알았다.

"왜 생사람 잡아? 너도 내가 우스워?"

남주가 고개를 절레절레 흔들고는 다시 책상에 엎드려 누웠다. 정윤은 남주 앞을 떠나지 않았다. 웅성거리는 소리와 함께 아이들이 교실에 들어왔다. 남주는 누워 있고 정윤은 씩씩거리며 서 있으니 아이들이 이상하게 쳐다봤다. 정윤은 그대로 교실을 나와 버렸다. 교실을 나오면서, 너무 눈에 띄는 행동을 한 건 아닌지 걱정했다.

정오의 그림자처럼 사라지고 싶었다. 공기처럼 가벼워지고 싶었다. 그러나 정오의 그림자도, 공기도 되지 못했다.

5교시 종이 울리자 정윤은 다시 교실로 돌아왔다.

아무도 정윤에게 관심을 두지 않았다. 남주는 계속 누워 있었다. 시를 적어 놓은 노트는, 어디에도 없었다. 세상은 견고했고, 조금도 변하지 않을 것만 같았다. 시를 알기 전으로 돌아간 것만 같았다.

진실은 무엇일까.

선생님은 협박했다.

지금 자면 꿈을 꾸지만 지금 공부하면 꿈을 이룰 수 있다고, 식곤증으로 조는 애들을 향해 삿대질을 했다.

선생님의 저 말은 시일까 아닐까.

저게 시라면, 정윤은 시를 싫어하겠다고 생각했다. 시는 누군가의 마음에 생채기를 내거나 열심히 밥벌이하는 누군가를 조롱하지 않으니까.

정윤은 잃어버린 노트를 생각하며 손톱을 볼펜으로 콕콕 찔렀다. 졸리지 않았다. 졸지 않으니 꿈도 꾸지 않았다. 선생님이 한 번 더 말했다. 지금 잠을 자면 꿈을 꾸지만, 지금 공부하면 꿈을 이룬다. 선생님의 말이 교실 안을 떠돌았다.

우리 모두 일을 하지
— 강정윤

우리 모두 일을 하지
더울 때 추운 데서 일하기도 하고
더울 때 더운 데서 일하기도 하지

우리 모두 일을 하지
추울 때 더운 데서 일하기도 하고
추울 때 추운 데서 일하기도 하지

우리 모두 일을 하지
그냥 일을 할 뿐이지
어디서 일하는 게 숭고한 거지?
숭고함은 누가 정하는 거지?

우리 모두 일을 하지

정윤은 꼼짝 않고 서 있었다. 칠판 가득 시가 쓰여 있었다. 정윤이

쓴 시다. 어제 잃어버린 노트에 말이다. 정윤이 눈을 끔뻑이자 누가,

"저거 진짜 네가 쓴 거야?"

하고 물었다. 정윤은 아무 말도 할 수 없었다. 노트는 잃어버린 게 아니었다. 누가 훔쳐 간 것이었다. 그리고 노트를 훔쳐 간 애는 정윤을 비웃기 위해 칠판에 시를 적어 놓은 것이다. 악의였다. 정윤이 천천히 걸어가는데 쓰레기통에 정윤의 노트가 반쯤 보였다. 정윤이 노트를 집어 들었다. 노트는 물에 젖었다 말랐는지 너덜너덜했다. 파란색 잉크가 번져 있고 뭉텅이로 붙어서 페이지를 넘길 수 없었다.

시는 쓰레기가 되어 있었다.

"뭐야? 누구야?"

정윤 다음에 교실로 들어온 남주가 외쳤다. 남주가 정윤의 손에서 노트를 뺏어갔다.

"너 아니야? 네가 그래 놓고 괜히 연기하는 거 아니냐고."

정윤은 남주에게 화를 내면서, 자신이 미웠다. 정윤은 남주가 자신에게 화를 내지 않으리라는 사실을 알고 있었다.

정윤은 그간의 일을 통해 남주를 조금은 알게 됐다. 겉으로는 유해 보여도 내면은 아주 강한 아이라는 것, 함부로 화를 내거나 감정을 표현하는 애는 아니라는 것 등을 말이다. 그러니 정윤이 이렇게 화를 내도 바로 맞받아 화내지는 않을 것이다.

"만만한 게 나야?"

남주가 그렇게 말하고 뒤돌아섰다.

"남의 노트를 주웠으면 가져다줘야지 이게 뭐 하는 짓이야? 도대체 누구야? 정말 지긋지긋해. 악플러 같아. 익명으로 남을 조롱하고 상처 주는 게 악플러지 악플러가 따로 있어? 내가 누군지 꼭 밝혀 낼 거야. 그때도 이렇게 당당할 수 있는지 두고 볼 거야."

남주의 말이 끝나는 것과 동시에 수업 시작종이 울렸다. 칠판에 쓰여 있는 시를 읽고 킥킥대던 아이들도 웃음을 멈추고 심각한 표정으로 서로를 바라봤다. 누구야? 하는 소리가 들려왔다.

정윤은 두 가지 생각이 들었다.

이런 짓을 한 애를 잡아다 주먹으로 머리통을 날려 버리고 싶다는 생각과, 저런 시를 쓴 자신이 죽도록 싫다는 생각이. 그러다 이내 무서워졌다. 이 교실에, 저런 짓을 한 아이가 있다. 정윤은 반 아이들의 얼굴을 쭉 둘러봤다. 저 애일까? 아님 쟤일까? 결국은 반 아이들이 전부 무섭게 느껴졌다.

담임 선생님이 들어와서 칠판을 보더니 정윤을 봤다. 자발적으로 썼다면 울상일 리가 없었다. 선생님은 아무 일도 없는 듯이 지우개로 칠판을 지웠다. 칠판은 이내 깨끗해졌다.

정윤은 남주에게 사과해야겠다고 마음먹었다. 강약약강은 시와 전혀 어울리지 않는다고. 시처럼 살고 싶었다고. 그러나 남을 조롱하는 데 1만큼의 용기가 필요하다면 사과를 하는 데는 100만큼의 용기가 필요했다.

정윤은 끝내 사과하지 못하고 학교를 나섰다.

학원에도 가지 않았다.

저녁 내내 길거리를 돌아다니다 집에 들어갔다. 아빠는 출근 준비를 하고 있었다. 야간 근무를 해야 해서다. 정윤은 늦둥이다. 막내 오빠와 열다섯 살이나 차이 난다. 오빠 말로는 실수였다는데 부모님은 지금까지도 계획된 임신이라고 우긴다. 아빠는 사무직 일을 하다 몇 년 전부터 아파트 경비원으로 일한다. 정윤은 운동화를 신는 아빠를 불렀다.

"시, 읽어 본 적 있어?"

아빠가 얼굴을 붉혔다. 그때 엄마가 현관 쪽으로 오면서 "애한테 당신이 쓴 연애 편지 좀 보여 줘야겠네."라고 했다.

"그러기만 해 봐. 나는 뭐 안 모아 뒀을 것 같아?"

아빠가 받아치자 엄마는 "그래, 해 보자 해 봐." 하고 응수했다. 정윤은 "닭살 돋아."라고 말하며 방으로 들어왔다.

침대에 누워 있는데 카톡이 왔다. 남주였다. 카톡 시작했다더니 진짜구나.

남주　**사과할 생각 있어?**

정윤은 피식 웃었다. 남주는 어떤 아이일까. 다른 애들이 카톡을 한다는 이유로 카톡을 하는 애가 있고, 다른 애들이 카톡을 한다는 이유로 안 하는 애가 있다. 정윤을 포함한 대부분의 아이들은 전자고, 남주는 명백히 후자다. 정윤은 그런 행동이 이기적이라고 생각했다. 남주 때문에 불편해졌기 때문이다. 그런데 정말 그랬을까?

힘겨운 나날들, 무엇 때문에 너는
쓸데없는 불안으로 두려워하는가
너는 존재한다—그러므로 사라질 것이다
너는 사라진다—그러므로 아름답다

미소 짓고, 어깨동무하며
우리 함께 일치점을 찾아보자
비록 우리가 두 개의 투명한 물방울처럼
서로 다를지라도······.[3]

시에서는 틀렸다고 말하지 않는다. 그저 다르다고 말한다. 두 개의 투명한 물방울이라고 말한다. 서로 다를지라도 일치점을 한번 찾아보자고 한다. 우리는 존재하고 곧 사라질 테니까. 사라질 거라 아름답다고 말한다.

---

3 비스와바 쉼보르스카 지음 | 최성은 옮김 | 〈두 번은 없다〉, 《끝과 시작》 | 문학과 지성사 2016

열여섯 정윤.

자아가 불쑥불쑥 고개를 들어 당혹스러울 때마다 다른 한편으로는 자신이 아무것도 아닌 것 같아 이상했다. 지구에는 인간이 너무 많고, 어느 날 정윤이 사라진다 해도 지구에 점 하나의 균열조차 내지 못할 것 같았다. 그렇다면 내가 왜 존재해야 할까? 내 존재의 이유는 무엇일까?

내가 누구인지 몰라 혼란스러운 나날들 속에서 시를 만났고, 시를 통해 멸시와 비난, 조롱과 경멸이 아닌 응원과 지지 그리고 존재에 대한 응원을 배웠다. 정윤은 남주가 자신과 다를지라도, 이해되지 않을지라도 받아들여야 한다고 생각했다. 이 시를 좀 더 일찍 만났다면 어땠을까.

미안해 정윤

정윤이 카톡을 보내자마자 답이 왔다.

남주 사과 받아 줄게. 대신 조건이 있어.
잠깐 나와. 너네 집 앞이야.

정윤은 벌떡 일어나 교복을 입은 채로 집을 나섰다. 1층 현관을 지나자 남주가 보였다. 둘은 놀이터로 갔다. 정윤이 지금보다 어릴 때는 놀기 위해 놀이터에 갔다. 그런데 언제부터였을까. 노는 걸 한심하게 여긴 게. 시험에 나오지 않을 만한 시는, 아무리 좋은 시라도 읽지 않을 때부터였던 것 같다. 아마도.

"너 그네 되게 잘 탄다!"

남주가 말했다. 정윤은 정말 하늘 끝까지 올라갔다. 정윤은 남주에게 눈짓을 한 다음, 두 발로 땅을 구르고 다시 하늘로 올라갔다. 뒤로 많이 갈수록 앞으로도 많이 나간다. 반동 때문이다.

"조건이 뭐야?"

정윤이 허공에서 물었다.

"내가 널 용서해 줬으니까, 너도 용서해 줘."

"누굴?"

정윤이 허공에서 내려왔다.

"시 노트 훔친 애."

"누군지 알아?"

남주는 그네에 앉은 채 운동화로 흙을 짓이겼다.

"눈빛을 봤어. 내가 누가 이런 짓을 했어? 하고 화낼 때 딱 한 명만 움찔하더라고."

"누군데?"

정윤은 그 애가 누군지 알고 싶은 마음과 영영 알고 싶지 않은 마음이 교차했다. 날마다 같은 교실에서 같이 숨 쉬고 같이 공부하고 같이 놀던 아이들을 한 명 한 명 떠올렸다. 걔는 아닐 거야. 설마……? 아니야, 걔가 그럴 리 없어. 어쨌든 범인은 이 중에 있는 거잖아. 정윤은 친하지는 않아도 신뢰한 친구들을 떠올렸다. 상상은 고통이었다. 차라리 누군지 알면 다른 아이들은 의심하지 않아도 되니 좋을 것 같았다.

"용서해 줄 거야?"

정윤은 대답하지 않았다. 거짓말은 하고 싶지 않았다.

"못 해."

"그럼 말하지 않을 거야."

남주가 단호하게 말했다.

"누군지 너무 궁금하지만, 거짓말은 하고 싶지 않아. 나는 용서 못할 것 같아. 나는 그렇게 착한 애가 아니야."

정윤이 다시 허공으로 올라갔다.

"일부러 내 노트를 훔치고, 내 시를 칠판에 적어 놨어. 놀리려고. 망신 주려고. 근데 내가 어떻게 용서할 수 있겠어?"

"걔가 만약 시를 좋아하고, 그 시가 좋아서 적어 놓은 거라면?"

남주도 두 발로 땅을 구르고 앞으로 뛰어올랐다.

정윤과 남주가 허공에서 교차했다.

"말도 안 돼."

"그럼 말하지 않을 거야."

남주는 그네에서 폴짝 뛰어내렸다.

"근데, 나는 그 시 좋았어."

"거짓말."

"그래, 그럼 난 그 시 정말 싫었어. 토할 것 같았어."

"뭐야!"

"좋다 그래도 뭐라고 해, 싫다 그래도 뭐라고 해. 그럼 도대체 어쩌라는 거야?"

남주가 투덜거렸다.

"너도 혹시 시 읽어?"

정윤이 용기 내서 물었다. 처음 해 본 질문이었다.

"아주 가끔."

"무슨 시 좋아해?"

"비밀!"

"치사해."

정윤은 멀어져 가는 남주를 가만히 응시했다. 시 같다고 생각했다. 시는 앞모습이 아닌 뒷모습을 응시한다. 시는 그가 갈 수 있는 가장 먼 길이 아닌 가장 그답게 갈 수 있는 길을 응원한다.

"조심해서 가."

정윤이 남주의 뒷모습을 향해 말했다. 남주가 손을 크게 흔들었다.

기말고사를 앞둔 교실에는 긴장감이 가득했다. 당연한 일이다. 고등학교 입시가 다가오기 때문이다. 가방을 내려놓고 자리에 앉는데 누가 바라보는 느낌을 받았다. 고개를 돌리니 세아였다. 정윤은 자기 뒤에 누가 있나 싶어 뒤돌아봤지만 아무도 없었다.

"나?"

정윤이 손으로 자신을 가리키며 물었다. 세아는 짜증 난다는 듯 미간을 찌푸리며 고개를 돌렸다. 정윤은 머쓱했다. 고개를 돌리다 우연히 눈이 마주쳤을 뿐인데 오버한 것만 같았다. 미안해, 라고 나지막이 말했다.

세아는 요즘 정신이 반쯤 나간 것 같다. 성적이 자꾸 떨어진다는 얘기는 들었지만 자세한 사정은 모른다. 입학할 때부터 천재라는 말이 돌았는데 겪어 보니 천재는 아니더라, 하는 정도만 안다. 그래도 세아는 정윤의 처지에서는 올려다볼 수 없는 나무였다. 공부를 못해 봤자, 성적이 떨어져 봤자, 하나 틀릴 걸 두 개 틀린 정도겠지.

정윤은 가방에서 시 노트를 꺼내려다, 이제 학교에는 시 노트를 가져오지 않는다는 사실을 새삼스레 깨달았다. 그럼에도 아침마다 시 노트를 찾게 됐다. 16년 가까이 단 한 번도 시를 쓴 적이 없는데, 단 두 달 동안의 경험이 정윤을 흔들어 놓았다.

시는 강렬했다. 마음을 요동치게 만드니까.

그러나 이제 쓰지 않을 것이다. 시를 쓰고 읽는 일이 무용하게 느껴졌다. 정윤은 시 노트 대신에 문제집과 연습장을 꺼냈다. 수학 문제를 풀고 영어 단어를 반복해서 적었다. 어쩌다 고개를 들어 교실의 아이들을 돌아봤을 때, 모두들 마침표처럼 공부하고 있었다.

물음표는 없었다.

그러자 다시 시를 쓰고 읽고 싶어졌다. 시는 명령하지 않는다. 시는 마침표를 찍지 않는다. 시는 묻는다. 시는 자신의 안부를 묻고 친구의 안부를 묻는다. 정윤은 친구들에게 시를 주고 싶었다. 친구들에게 시를 쓰자고, 우리 모두 시인이 되자고 말하고 싶었다.

우연히 남주와 눈이 마주쳤다. 남주는 마침표와 물음표의 중간쯤 되는 아이였다. 다음에 남주를 만나면 좋아하는 시에 대해 말해 줘야겠다고 결심했다.

"자는 거야?"

웅성거리는 소리에 공상에서 깨어났다. 소리는 세아 주변에서 들려왔다.

"윤세아! 세아야, 세아야?"

세아 짝꿍이 세아를 쿡쿡 찔렀다.

"뭐야? 쓰러진 거 아니야?"

앞에 앉은 애가 말했다. 아이들이 조금씩 모여들 때쯤 세아가 스르륵 몸을 일으켰다. 빠르고 정돈된 자세였다.

"제발 좀."

세아가 다시 스르륵 책상에 몸을 기댔다. 세아 짝꿍이 머리를 긁적였다. 아이들은 자리로 돌아가 다시 마침표가 됐다. 정윤도 자꾸 물음표가 되려는 자신을 억누르며 마침표가 됐다.

1교시가 시작됐고 선생님은 에어컨을 끄라고 했다. 선생님이 학생일 때는 에어컨이 없었다고 했다. 그래도 다들 이 악물고 공부했다고,

요즘 애들은 너무 많은 것을 누리며 자라서 고마운 줄도 모르고 독하지가 않다고 했다. 정윤은 선생님이 말을 내뱉을 때마다 이산화탄소가 교실에 꽉꽉 차는 것만 같았다. 산소가 필요했다. 창문을 열자 더운 기운이 훅 밀려 들어왔다.

선생님에게 묻고 싶었다.

요즘 아이들에게 필요한 건 산소가 아닐까요?

선생님은 아이들이 정신 차리면 다시 에어컨을 켜겠다고 했다. 그놈의 에어컨, 차라리 없으면 좋겠다고 생각하다가 이내 에어컨이 그리워졌다. 자존심을 지키기엔 너무 더웠다. 선생님, 저희 정신 차렸어요, 라고 누가 농담처럼 말하자 다른 애들도 따라 말했다. 선생님이 선심 쓰듯이 다시 에어컨을 켜라고 말했다.

선생님 목덜미에서 땀이 후두둑 떨어지고 있었다.

"얼른 나와."

아빠가 현관에서 정윤을 불렀다. 야간 근무에서 주산 근무로 바뀐 첫날이다. 주간 근무 때는 아빠가 학교까지 태워 준다.

"속옷 챙겼어?"

엄마가 아빠에게 물었다. 아빠가 어어, 하더니 머리를 긁적이며 다시 안으로 들어왔다.

"전쟁통이 따로 없네."

엄마가 아빠 속옷과 얼음 물병 두 개를 넣어 주며 말했다. 그 와중에 정윤은 계란말이 몇 점을 입에 넣었다. 아빠가 늦겠다고 말한 후에야 현관으로 갔다.

정윤의 집에서 학교까지는 차로 15분 거리다. 그 짧은 시간 동안에도 정윤은 숙면을 취했다.

"다 왔다."

정윤이 살짝 눈을 떴다. 자도 자도 졸리고, 먹어도 먹어도 배가 고팠다. 아무것도 충족되지 않는 나날이었다.

"아빠, 아직도야?"

정윤이 플라스틱 물병에 송골송골 맺힌 물방울을 보며 말했다. 아빠가 고개를 끄덕였다.

"치사해, 진짜. 우리 아파트는 설치해 줬는데."

"얼른 들어가기나 해."

정윤이 고개를 끄덕이고 차에서 내렸다.

아하. 차에서 내리자마자 뜨거운 공기가 정윤을 향해 달려들었다. 아직 오전 8시인데 벌써부터 뜨거웠다. 오늘 하루는 어떻게 버틸까. 그래도 학교엔 에어컨이라도 있지. 정윤은 땡볕에 순찰을 돌 아빠를 떠올렸다. 순찰을 다 돌고 경비실로 돌아왔을 때 아빠를 맞아 주는 건 에어컨이 아니라 선풍기일 것이다.

아빠가 일하는 아파트 경비실에는 에어컨이 없다. 경비원 몇몇이 건의해 봤지만 여러 이유로 거절당했다고 한다. 에어컨이 있으면 너무 시원해서 순찰 안 돌고 경비실에만 있을 것 같다나 뭐라나…… 곧 주민 투표를 한다는데, 아빠는 에어컨이 없어도 되니 투표를 하지 않았으면 좋겠다고 했다. 매일 얼굴 보는 사이인데, 부결되면 마음이 너무 힘들 것 같다고 말이다.

정윤은 땀에 전 속옷을 하루에도 몇 번이나 갈아입는 아빠를 떠올리면, 뭐랄까, 선생님 말이 맞는 게 아닐까 하는 생각이 들었다. 공부를 하지 않으면 더울 때 더운 데서 일한다는 말. 그 말에는 더울 때 더운 데서 일하는 사람들을 경멸하는 마음이 들어 있었다.

정윤은 아빠를 사랑했다. 사랑하니까 아빠가 힘들지 않았으면 좋겠다고 생각했다. 사람들이 아빠를 향해 공부 안 해서 경비나 하고 있지, 라고 말하는 대신에 더워서 힘들지 않을까 걱정해 주면 좋겠다. 너무 세상 물정 모르는 소리일까?

"안 들어가?"

멀어지는 자동차를 바라보며 서 있는데, 언제 왔는지 남주가 불쑥 물었다.

"들어가야지."

정윤이 걸음을 떼자 남주는 "아빠야?" 하고 물었다.

정윤이 고개를 끄덕이면서 "만약 너네 아파트에서 경비실에 에어컨 달아 줄지 말지 투표하면 찬성할 거야 반대할 거야?" 하고 물었다.

"우리 아파트는 벌써 투표했어. 우리 집은 당근 찬성했지."

"그래서? 결과는?"

"통과. 근데 생각보다 반대가 좀 많이 나와서 놀랐어."

"그럼 경비 아저씨들은 좋으면서도 속상했겠다. 일하다가 주민들 마주치면, 저 사람은 찬성했을까 반대했을까 그런 생각 할 거 아니야."

"반대로 찬성해 준 사람들 생각에 뿌듯할 수도 있지. 근데 왜?"

정윤이 고개를 저었다.

"수업 시간에 또 에어컨 끄면 교육청에 신고할 거야."

남주 말에 정윤이 동그랗게 눈을 떴다.

"에어컨이 고장 났다거나 전기를 많이 쓰면 환경에 부담을 준다거나 하는 정당한 이유가 아니라 자기 기분 꼴리는 대로잖아. 원칙도 없이."

"너 진짜 신고할 거야?"

농담이라고 하기엔 남주의 표정이 무척 진지했다. 남주는 고개를 끄덕이며 말을 이었다.

"시험 얘기하면서 에어컨 가지고 뭐라고 하는 거 진짜 짜증 나. 너는?"

정윤이 어깨를 으쓱하며 "나도."라고 했다.

"이건 통하네."

남주가 먼저 교실로 들어갔다.

기말고사가 일주일 앞으로 다가왔다. 정윤은 공부를 했지만 머릿속에 남는 건 없었다. 이만하면 열심히 했어, 라고 생각하다 이내 정신을 차리고 뭘 열심히 했는지 떠올려 보면 영어 단어 몇 개 외운 게 전부였다.

이러다 정말 더울 때 더운 데서 일하고 추울 때 추운 데서 일하게 되는 건 아닐까.

이따금 두려움이 엄습해 왔다. 이런 효과를 노린 거라면, 선생님의 충격 요법은 꽤 효과가 있었다. 정윤은 창밖을 내다봤다.

교실 안은 오전 내내 틀어 놓은 에어컨 때문에 오스스 소름이 돋을 정도였지만 창밖의 운동장은 부글부글 끓고 있었다. 사람도 익힐 만한 기세였다. 7월 초인데도 이 정도면 8월엔 어떨지 상상이 되지 않는다. 더울 때 더운 데서 일하는 건, 내가 상상하는 것보다 더 힘든 일이 아닐까?

정윤은 운동장에서 시선을 거뒀다. 그러다 또 세아와 눈이 마주쳤다. 도저히 우연이라는 생각이 들지 않았다. 이 정도면 의도적으로 정윤을 쳐다보는 거였다. 더는 못 참겠어. 정윤이 생각했다. 5교시가 끝나기 5분 전이었다. 수업 끝나는 종이 울리면 당장 달려가서 따질 것이다.

"혹시 너야? 칠판에 시 적어 놓은 사람?"

이렇게 물을 것이다. 정윤은 입술을 거의 움직이지 않고 이 말을 되뇌었다. 종이 울리고 선생님이 교실 문을 나가기가 무섭게 정윤은 자리에서 벌떡 일어섰다. 세아 쪽으로 발걸음을 옮기는데, 세아도 자리에서 일어섰다.

휘청.

세아의 몸이 휘청거렸다.

"어어, 야, 괜찮아?"

세아의 짝꿍이 반사적으로 세아를 붙들었다. 세아는 한쪽 손으로 이마를 짚으며 "어어."라고 했다. 세아가 몸을 바르게 하려는데 힘이 들어가지 않는지 다시 휘청였다. 짝꿍이 세아를 억지로 의자에 앉혔다.

그때 정윤은 이미 세아 자리까지 와 있었다.

"너 왜 그래?"

짝꿍이 세아에게 물었다. 정윤도 묻고 싶은 말이었다.

"후유……. 잠을 못 자서 그런가 봐."

뜨거운 사막에서 몇날 며칠을 서 있었을 법한 몸과 목소리였다. 물기가 전혀 없었다.

"어제 몇 시간 잤는데?"

짝꿍의 질문에 세아는 웅얼웅얼 대답했다.

"뭐라고?"

다시 묻자 세아가 갈라지는 목소리로 답했다.

"……두 시간."

"그저께는?"

"……모르겠어."

"그럼 평소에는?"

세아가 고개를 저었다.

정윤은 세아가 자기를 쳐다본 게 아닐 수도 있다는 생각이 들었다. 두 시간밖에 자지 못했다면 누구나 멍하니 허공을 바라볼 수 있을 거다. 세아는 추울 때 추운 데서 일하지 않고, 더울 때 더운 데서 일하지 않을 것이다. 내가 자신을 안쓰럽게 여긴다는 걸 알면 세아는 얼마나 비웃을까? 공부도 못하는 주제에 누굴 안쓰러워하느냐고……

그러나 위선이라고 해도, 질투라고 해도 어쩔 수 없다.

정윤은 진심으로 세아가 안쓰러웠다.

"왜?"

가까스로 정신을 차린 세아가 물었다. 정윤은 고개를 저었다.

"뭘?"

"네가 왔잖아."

정윤은 세아를 한 번 내려다보고는 다시 고개를 저었다.

"나 아니야."

세아가 말했다.

"네 시 노트 훔친 사람, 나 아니야."

사람은 참 이상하다. 잘못을 감추려다 잘못을 시인한다. 세아는 정윤이 쓴 시 중에 왜 하필 그 시를 골라 칠판에 적어 놨을까? 너는 추울 때 추운 데서 일할까 봐 겁나니? 아니면 더울 때 더운 데서 일할까 봐 겁이 나는 거니? 나는 추울 때 추운 데서 일하는 것보다, 더울 때 더운 데서 일하는 것보다, 추울 때 추운 데서 일하는 사람이 동상에 걸릴까 봐 걱정하는 대신, 더울 때 더운 데서 일하는 사람이 열사병에 걸릴까 봐 걱정하는 대신 손가락질하는 세상이 더 겁나.

……그리고 가장 겁나는 건, 손가락질 받는 대상이 될까 봐 전전긍

궁하는 나 자신이야. 그건 잘못됐다고 말하는 대신 스스로를 단속하는 나 자신 말이야. 그러다 보면 나는 아빠를 부끄러워하겠지. 그러다 보면 나는 사랑을 잊을 거야. 사랑하는 능력 말이야. 사람들은 사랑하는 능력을 지니고 태어나지만 살면서 점점 잃어 가는 건지도 모르겠어.

7교시가 끝나고 아이들이 모두 교실을 떠났다.

정윤은 자리에 앉아 있다가 천천히 일어나 교단으로 갔다.

분필을 집어 들었다.

이튿날 교실에 맨 처음으로 도착한 아이는 칠판에 적혀 있는 시를 읽었다. 무슨 뜻인지 모른 채 멍하니 읽다 보니 두 번째 아이가 도착했고, 그 아이도 시를 읽었다. 지아가, 선화가, 경희가, 남주가 시를 읽었고, 세아는 읽지 못했다. 세아는 아침을 먹다 쓰러져 응급실에 갔다고 했다. 소식을 전한 선생님은 큰일은 아니니 걱정하지 말라고 했다. 그러나 정윤은 세아가 걱정됐고, 걱정하고 싶었다. 걱정할 만큼 큰일이라고 생각했다.

선생님이 칠판에 적힌 시를 지우개로 쓱싹쓱싹 지웠다. 시는 가루가 되어 떨어졌다. 칠판에는 곧 외워야 할 영어 단어가 빼곡히 적혔다.

아이들 중 남주만이 유일하게 시의 제목을 물었다.

정윤이 대답했다.

"두 번은 없다."

남주 이야기

남주 이야기
– 개인주의자의 연대

"내 밥은?"

아빠가 묻자 남주가 고개를 저으며 되물었다.

"어젯밤에 설거지했어?"

이번엔 아빠가 고개를 저었다.

"회식 때문에 늦게 왔잖아. 오늘은 꼭 할게."

남주가 또 고개를 저었다.

남주는 이모, 아빠와 함께 산다. 아이들이 안다면 아마 난리 날 것이다. 온갖 이상한 상상을 하면서 소문에 소문을 내겠지.

쟤네 엄마 아빠는 집에서 개량 한복 입고 지낸대, 라는 소문에 적극적으로 반박하지 않은 이유는, 반박하다가 공연히 더 이상한 소문이 돌 것 같아서였다.

사람들은 왜 이렇게 남의 일에 관심이 많은지 모르겠다.

물론, 남주가 이런 말을 할 처지는 아니다. 전학 온 이유도 오지랖 부리다 왕따를 당해서다. 전학 와서는 절대 튀는 행동 하지 않기, 남의 일에 상관하지 않기 등등을 좌우명으로 삼았다. 전학 오자마자 카톡 때문에 아이들이 시비 걸 줄은 몰랐다.

애들은 시비가 아니라고 생각할 수도 있지만, 남주가 볼 때는 명백한 시비였다. 아니 카톡을 쓰든 말든 무슨 상관이라고. 카톡 때문에 조별 과제를 못 한다는 것도 사실이 아니다. 만나서 하면 된다. 자기들이 학원 다녀서 만나지 못하는 건 어쩔 수 없는 일이고, 남주가 카톡을 안 쓰는 건 이기적인 태도라는 이중적인 사고방식도 싫다.

그래도 참았다.

끝까지 참았는데, 지아가 단체 줄넘기 때문에 힘들어하는 모습을 보고는 그만 본래 성격이 나와 버렸다. 나는 왜 이 모양인가. 남주는 한탄했다. 이모 말로는, "성격이 사주팔자."라고 한다.

"치사해! 앞으로 용돈 떨어졌다고 가불해 달라고나 하지 마!"

아빠가 툴툴거렸다.

"안 떠 준다고 했지 떠먹지 말라고는 안 했어."

남주 말에 아빠는 "그렇지? 하긴 네가 싸가지는 없어도 인정머리 없는 애는 아니지." 하며 김치콩나물국을 떴다.

딸한테 싸가지 없다고 서슴없이 말하는 아빠라니. 남주는 한심하다고 생각했지만 싫지는 않았다. 아빠는 적어도 꼰대는 아니니까. 엄마가 세상을 떠나고 이모랑 살기로 결정했을 때 남주는 남들의 시선이 걱정스러웠다. 고모도 아니고 이모랑 산다니! 그때 아빠는 남주에게 "남의 말도 사흘이야."라고 쿨하게 말했다. 속으로는 어떻게 생각했는지 모르지만.

남주는 셋이 같이 살게 된 데는 이모의 성정체성도 영향을 끼쳤을 거라고 짐작했다. 어쨌든 아빠와 이모는 남들이 상상하는 이상한 관계는커녕 옷깃만 스쳐도 짜증을 내는 관계다.

"형부, 사람이 오면 제발 피하세요. 회사 가서도 그래요? 직원들이 앞에서는 별말 안 해도 뒤에서는 다 욕해요. 앞에 사람이 오면 피한다, 외우세요!"

"처제, 처제가 먼저 좀 피하면 되잖아."

이런 식이다. 그럼 따로 살면 될 텐데 왜 같이 사느냐. 그 이유는 이모가 돈이 없어서다. 그러니 이런 대화의 끝은 항상 "내가 보증금만 모아 봐. 당장 나간다, 나가."로 끝난다. 이모가 돈이 없는 이유는 돈을 못 벌어서가 아니라 돈을 많이 써서다.

이모는 각종 시민 단체를 후원하거나 길고양이 사료 따위를 사느라 버는 돈의 대부분을 쓴다. 노후 준비는 제대로 하는지 모르겠다. 왜 그렇게 사는지 모르겠다고 한마디 했더니 "넌 왜 지안가 뭔가, 경흰가 뭔가, 선환가 뭔가 게네 도와주는데?" 했다.

"네 엄마가 맨날, 얘는 내 딸인데 왜 널 닮았니? 그랬다는 사실을 잊지 마."

이모 별명이 '아가리 파이터'라는 얘기를 들었다. 이유는 묻지 않아도 알 수 있었다. 후루룩 국을 마시고 신발을 신는 아빠와 일어나자마자 눈곱만 떼고 가방을 둘러멘 이모에게 남주가 말했다.

"오늘 저녁에 할 말 있으니까 늦지 말고 와."

아빠가 신발을 신다가 멈칫했다. 이모도 나가려던 자세 그대로 멈췄다.

"그 말이야?"

아빠가 먼저 물었다. 남주가 고개를 끄덕였다. 휴, 하는 한숨 소리가 들려왔다. 이어서 문 닫히는 소리가 들렸다.

"결심한 거야?"

이모가 물었다.

남주는 이번에도 고개를 끄덕였다.

"아휴 나도 진짜 모르겠다, 나중에 하늘에서 만나면 언니한테 맞아 죽는 건 아니겠지."

이모는 남주에게 다 들리게 혼잣말을 하고는 집을 나섰다.

남주는 남은 밥을 꼭꼭 씹어 먹고, 설거지를 다 하고서야 집을 나섰다. 곧 여름 방학을 앞두고 있었다. 1학기는 스펙터클했다. 무존재로 지내겠다, 오지랖과 가장 먼 상태로 지내겠다는 다짐은 조별 과제 때문에 깨졌다. 아니다. 조별 과제 때는 잘 참았다. 분해서, 속상해서, 답답해서 울기는 했지만 그래도 참았다.

그런데 지아가 단체 줄넘기 때문에 고심하는 모습을 보자 저도 모르게 도와주게 됐다. 남의 어려움이나 곤란한 형편이 유난히 눈에 잘 보이는 사람이 있다는데, 남주가 그랬다. 행복한 얼굴을 하고 있는 사람에게는 관심이 가지 않았다. 슬픈 얼굴을 하고 있는 사람에게, 간절히 도움을 원하는 얼굴을 하고 있는 사람에게만 관심이 갔다.

《스밀라의 눈에 대한 감각》이라는 소설을 읽다가 가슴이 찌릿한 적이 있다.

나는 수리공을 좋아한다. 나는 항상 패배자들에 대해서는 마음이 약하다. 환자, 외국인, 반에서 뚱뚱한 남자애, 아무도 춤추자고 하지 않는 사람들, 그런 사람들을 보면 심장이 뛴다. 어떤 면에서는 나도 영원히 그들 중 한 사람이라는 사실을 항상 알고 있기 때문일 것이다.[4]

이 문장을 보고서야 남주는 자신이 어떤 사람인지 알았다. 그러나 알았다고 해서 받아들인 것은 아니다. 아직도 남주는 자신과 싸우고 있다. 세상에 자신과 싸우지 않는 사람이 존재할까? 아, 존재한다. 그것도 아주 많이.

상대를 향해 삿대질을 하며 목소리를 높이는 사람, 귀는 닫고 입만 여는 사람, 다른 사람의 불행에 눈을 감는 것으로도 모자라 침까지 뱉는 사람들.

이런 사람들은 자신과 싸우지 않을 것이다. 남들과 싸우기만도 바

---

4 페터 회 지음 | 박현주 옮김 | 《스밀라의 눈에 대한 감각》 | 마음산책 | 2005

쁘니까.

벌써 점심시간이다. 남주는 여전히 혼자다. 필요할 때면 선화나 지
아, 경희, 정윤과 말을 섞지만 기본적으로 혼자 다닌다. 그게 편하다.
"밥 안 먹어?"
선화가 밥 먹으러 가면서 물었다.
"아침을 많이 먹어서 아직도 배가 불러."
"규칙적으로 먹어야지."
남주가 피식 웃자 선화가 민망한지 따라 웃었다.
네가 할 말은 아니지, 라고 말하려다 그만뒀다. 선화 일은 어떻게
진행되는지 궁금했지만 묻지는 않았다. 선화는 표정이 어두울 때도
있고 괜찮을 때도 있었다. 아무튼 예전처럼 표정이 없지 않아서 다행
이라고 생각했다. 화난 표정을 짓는 사람보다 아무런 표정이 없는 사
람이 더 위태롭다는 사실을 남주는 잘 알고 있었다.
직접 겪었고, 직접 봤기 때문이다.
남주는 점심을 건너뛰고 텅 빈 교실에 홀로 앉아 주위를 둘러봤다.
이런 풍경도 이제 반년밖에 볼 수 없겠지.

아빠와 이모는 약속대로 일찍 왔다. 저녁은 중국 음식을 주문했다.
남주는 양장피를, 이모는 짬뽕을, 아빠는 짜장면에 군만두를 먹겠다
고 했다.

"다른 사람이 살 때는 양심 좀 지켜라. 짜장면까지 바라진 않지만 양장피는 너무하지 않냐?"

아빠가 툴툴거렸다.

"그럼 처음부터 메뉴 상한을 제시하든가! 이모, 내 잘못이야?"

"형부, 주문할 땐 가만있다가 먹을 때 돼서 이러는 거, 솔직히 좀 찌질하지 않아요?"

"사 주고도 욕먹네."

아빠 말에 남주와 이모가 고개를 끄덕였다. 돈 쓰고도 욕먹지 않으려면 입을 다물어야 한다.

남주는 양장피 소스를 한꺼번에 다 부었다. 아빠가 눈을 찡그렸다. 남주는 양장피 소스의 겨자 맛을 좋아했다. 겨자 소스를 듬뿍 뿌린 양장피를 입에 한가득 넣고 우물우물하다 보면 눈물이 찔끔 나온다. 그 순간이 좋다. 불닭볶음면을 좋아하는 이유와 같다. 내 돈으로 사 먹을 땐 불닭볶음면, 남이 사 줄 땐 양장피다.

"밥 다 먹고 후식 먹으면서 말하는 것도 웃기고. 그냥 지금 말할게. 고등학교 진학 안 해. 이제 방학 시작인데, 방학 끝나고 2학기 시작하면 아마 바로 원서 쓸 거야. 나는 안 쓸 거야. 확고해. 그러니까 설득할 생각은 하지 마."

"그래도 이건……."

"아빠! 나 갑자기 한 생각 아니야. 전학 오기 전에 약속했잖아. 전학해서도 적응하지 못하면 더 이상 강요하지 않기로. 학교 안 다니는 애들, 생각보다 많아. 검정고시는 볼 거야. 나중에 공부하고 싶은 분야가 생기면 대학도 갈 거고.”

“아, 정말 이건 너무⋯⋯.”

“아빠! 속상한 거 다 알아. 그럴 수 있어. 그렇지만 내 인생이야.”

“야!” 하고 아빠가 젓가락을 탁 내려놨다. 눈에 눈물이 그렁그렁했다. 아빠가 속상해할 줄은 알았지만 울 줄은 정말 몰랐다.

“아빠, 아빠는 어른이야. 눈물로 설득할 생각 하지 마. 아니, 그래, 내가 미안해.”

“그게 아니라.”

아빠가 물을 꿀꺽꿀꺽 들이켜고 말했다.

“앞으로 아무 상의도 없이 양장피 소스 다 붓지 마. 진짜 이건 양심 정도의 문제가 아니야. 공정과 정의, 불합리와 편견, 차별과 멸시의 문제야.”

“형부, 그 정도예요?”

아빠가 고개를 끄덕였다.

“네가 사과해. 네 몫으로 주문한 건 맞지만 어차피 혼자 다 못 먹어서 나눠 먹을 거였어. 그럼 애초에 의논해서 소스를 뿌리거나 양장피를 덜어 놓거나 했어야 해.”

“솔직히.”

“변명하지 말고 정식으로 사과해.”

남주는 나름대로 억울한 점이 있었지만 “그래, 미안해. 유감이야.”

라고 말했다.

"또 기술 들어간다."

"알았어, 알았어. 미안해. 사과할게."

이모는 역시 예리하다. 사과를 유감으로 퉁 치려고 했는데 바로 눈치채고 제동을 걸었다. 하긴 변호사니까 용어에 민감하겠지.

"근데!"

남주도 갑자기 화가 났다.

"다들 내 선언에는 관심 없는 거야?"

아빠가 또 양장피를 먹고 콜록콜록하면서 "이미 끝난 이야기잖아." 했다.

"작년에 학교 그만둔다는 거 전학하는 걸로 합의 보면서, 고등학교는 네 맘대로 하게 해 준다고 했잖아. 합의한 거니까 지킬, 콜록……."

콜록콜록.

"진짜 양심적으로 살자."

"형부 괜찮아요? 이러다 큰일 나요. 그만 먹어요."

"아니야, 처제. 내가 이거 다 먹고 독단적인 결정, 남을 배려하지 않는 행동이 얼마나 큰 피해를 초래하는지 보여 줄 거야. 이거야말로 산교육 콜록, 콜록……."

"혀, 형부!"

아주 사극을 찍는구나, 사극을. 남주는 고개를 저었다.

진지한 대화가 안 통하는 사람들이라는 사실을 깜빡 잊고 있었다.

하긴 그래서 다행이기도 했다. 흔히 말하는 정상 가족이었다면 고등 학교에 진학하지 않겠다는 남주의 선언을 이렇게 순순히 받아들이지 않았을 것이다.

"고등학교 나와서 제 밥벌이 못 하고 사느니 고등학교 안 가고 제 밥벌이 하는 편이 나아."

"고등학교 나와서 제 밥벌이 하고 사는 건?"

"그게 베스트지."

이모가 바로 꼬리를 내렸다.

밤에 자려고 누웠는데 아빠가 화장실을 들락거리는 소리가 들렸다. 푸지직 소리가 너무 커서 저절로 미간이 찌푸려졌다.

과연 벌 받은 자는 누구일까.

독단적인 행동이 어떤 피해를 초래하는지 똑똑히 보여 주겠다던 아빠는, 결국 자신의 항문으로 똑똑히 보여 줬다. 그러나 남주의 똥구멍이 아픈 건 아니라서 별반 와닿지 않았다. 다음에도 남주는 양장피에 겨자 소스를 왕창 부을 거다. 그때도 아빠가 아까처럼 미련하게 먹는지 두고 볼 거다.

……요즘이 어떤 시대인데 꼰대 짓을.

꼰대 짓에는 대가가 따른다는 사실을 집에서부터 철저히 교육할 것이다.

지금 우리나라에 시급한 건 아이들 교육이 아니라 어른 교육이다. 꼰대짓 안 하기, 어른 대우 바라지 않기, 요즘 애들이라는 말 쓰지 않기, 사회 구조의 문제는 외면한 채 '노오력'만 강조하지 않기, 착취하지 않기, 사회는 점점 나빠지는데 나만 살아남으면 된다는 생각으로 방치하지 않기 등등 일일이 말하기도 숨차다.

문제는 이걸 해결할 능력을 가진 사람들에게는 그럴 이유도, 의지도 없다는 거다.

아빠를 설득하는 것보다 선생님을 설득하는 게 더 어려웠다. 2학기에나 원서 쓸 줄 알았는데 담임 선생님이 상담실로 남주를 불렀다.

특목고에 원서를 넣어 보자는 것이다. 다른 애들은 1학년 때부터 준비했는데 넌 아직 시작도 안 해서 큰일이다, 그러나 성적이 좋아서 충분히 가능성이 있다, 라고 했다.

"저 고등학교 안 가기로 했어요."

선생님이 인자하게 웃었다. 남주가 잘 아는 표정이다. 어른들이 잔소리하기 전에, 이건 잔소리가 아니라 너를 위해 하는 말이다, 라는 것을 표현하기 위해 짓는 표정이었다.

"나도 너만 할 때는 학교 안 다니겠다고 고집부린 적 있어서, 네 마음 다 이해해."

"이해 못 하실 거예요."

남주가 요지부동이자 선생님은 회심의 한방이라는 듯이 "부모님이 허락 안 하실 거야."라고 했다.

"얘기했는데요?"

선생님이 놀라서 "뭐? 정말이야?" 했다. 절대 그럴 리 없다는 표정이었다.

"조별 과제 때문이니?"

선생님이 물었다.

"꼭 그 이유 때문만은 아니에요. 저는 예전부터 단체 생활이 좀 힘들어요. 아시겠지만."

선생님도 남주가 겉도는 걸 잘 알기 때문에 덧붙여 말하지 않았다.

"세상이 엉망진창이라고 생각해요. 당연히 학교도 엉망진창이고요. 다 엉망진창인 것 같아요. 더는 견딜 수가 없어요."

"세상은 원래 그래. 카톡 문제로 네가 힘들었던 건 알지만, 우리 반이 특이한 경우라고는 생각하지 않아. 그 정도 다툼은 네가 어딜 가든 생길 거야. 혼자 살 수는 없잖아. 그러니 받아들여야지."

"원래라는 말이 싫어요."

남주는 오랫동안 생각해 왔던 말들을 꺼냈다.

"그건 세상에서 별 불편함 없이 살아가는 사람들이 하는 말이잖아요. 불편하게 살아가는 사람들, 소외당하는 사람들은 그렇게 말하지 않을 거예요. 아니, 그런 사람들이 아무리 말해도 세상은 듣지 않겠죠."

"남주는 사회에 불만이 많구나."

"그렇게 말씀하시면 할 말 없고요."

남주가 일어서려고 하자 선생님이 "미안하다. 이건 내 실수."라며 사과했다. 선생님은 꼰대처럼 보이지만, 꼰대 같지 않은 사람이었다. 그러니까 카톡 문제도 그냥 넘어가지 않았겠지. 남주는 선생님이 싫지 않았다.

"선생님은 1학기가 무탈하게 지나갔다고 생각하시겠지만, 몇몇 아이는 힘든 일을 겪었어요. 어떤 애는 죽음까지 생각했고요. 물론 선생님 잘못은 아니에요. 선생님이 애들 한 명 한 명의 고민을 다 살펴볼 수 없다는 거 잘 알아요. 문제는요, 저예요."

선생님은 충격을 받은 듯했다. 죽음까지 생각한 아이가 있었다는 말에 과연 누굴 떠올리고 있을까.

"저는 그런 게 자꾸 눈에 보여요. 누가 고통받고 있으면 그냥 지나치지를 못하겠어요. 이것도 사실 부차적인 문제겠죠. 더 큰 문제는요……."

남주가 스스로를 이해시키며 말했다.

"바로 저예요. 수학 수업을 듣다 보면 지겨워요. 벌써 다 아는 내용이라서요. 저는 역사에 관심이 많아 깊이 공부하고 싶은데, 시험 범위 안에서만 공부해야 하잖아요. 그리고 체육 대회 때 반티 입는 것도 싫어요. 별걸 다 싫어한다고 하시겠지만, 그냥 싫어요. 반끼리 대결하는 것도 싫고 그거 이겼다고 의기양양하는 것도 싫어요."

선생님은 한숨을 크게 내쉬고 "부모님과 상의 끝났고, 내가 아무리 설득해도 마음 안 바꿀 거지?"라고 물었다.

남주는 고개를 끄덕였다.

"마음이 괴롭니?"

남주는 이번에도 고개를 끄덕였다.

"세상이 끔찍해요."

다른 이의 고통을 자신의 고통처럼 느끼는 사람은 삶이 괴롭다. 그 덕분에 아름다움을 섬세하게 느낄 수 있지만, 동전의 양면처럼 고통도 따라온다.

"제가 가장 싫은 건요, 다들 똑같아야 한다는 거예요. 학교는 획일화를 강요해요. 그래야 아이들을 통제할 수 있으니까요. 우리나라는 민주주의에 자본주의 사회이지만, 학교는 전체주의에 자본주의 사회예요. 돈이 많으면 학교 다니기도 편해요. 좋은 교육을 받을 수 있고 좋은 학교에 진학할 가능성도 높아요. 학교 밖에서도 마찬가지겠죠. 그러니 학교 밖도, 학교도 자본주의라는 거예요. 근데 사회보다 학교가 더 억압적이죠. 단순히 나이가 어리다는 이유로 선택권을 주지 않아요. 다 똑같은 교복을 입어야 하고 같은 시간에 밥을 먹어야 하고 집에서 키우는 반려견처럼 반항도 귀엽게 해야 해요. 성적 1등은 인정해 주지만 튀는 애 한 명은 인정해 주지 않아요."

남주는 이제껏 담아 온 생각을 담담하게 말했다. 아이들에게 말하면 잘난 척한다고 욕먹을 만한 말들, 인터넷에 쓰면 어른이 아이 흉내 낸다고 욕먹을 만한 말들이었다. 그래서 욕먹지 않기 위해 생각을 숨겨야 했다. 중학교 3학년이 생각할 만한 수준에 맞춰서 말해야 했다.

"창의성이 중요하다고 말하고 소수 의견은 꼭 필요하다고 하지만, 그건 시험 문제 안에서만이에요. 시험 문제에서 정답으로만 존재하는 말일 뿐 실제로는 줄을 벗어나면 안 돼요. 그 줄이라는 게…… 참 좁죠. 어떨 땐 낙오자를 미리 걸러 내는 느낌이에요. 어쩌면 그게 교육의 목표겠죠. 등급으로 아이들을 나누고 벽을 쌓는 것. 저는 이런 학교를 참을 수가 없어요."

선생님은 물을 마셨다. 초조해 보였고 무슨 말을 해야 할지 고심하는 듯했다.

"곤란하게 해 드릴 생각은 없어요."

"교사가 된 지 5년인데, 그동안 내가 가르친 아이들 중에 학교를 그만둔 애들이 다섯 명이야. 한 해에 한 명씩은 있었던 셈이지. 그중 네 명은 가정이라는 울타리가 완전히 무너진 경우였어. 집을 나가도, 학교에 안 와도 아무도 신경 쓰지 않는 애들. 나머지 한 명은 성적이 너무 안 나와서 홈스쿨링 시킨다며 부모가 억지로 자퇴시켰고. 너는 도중에 그만두는 건 아니지만 진학하지 않겠다는 건데……. 솔직히 앞의 다섯 명은 너무 걱정스러웠어. 그런데 너는 조금 마음이 놓인다."

선생님 나름의 응원이었다. 남주가 아까 선생님이 지은 미소와 똑같은 미소를 지었다.

"언제든 찾아와."

"선생님, 아직 한 학기 남았어요! 왜 벌써 보내시려고요?"

남주 말에 선생님이 피식 웃으면서 "들켰나?" 했다.

"방학이 언제 오냐."

"선생님도 방학 기다리세요?"

"어쩌면 너희보다 더 기다릴걸? 나한텐 직장이잖아!"

"그래도 선생님은 돈이라도 받고 다니시잖아요."

"하긴, 돈도 안 받고 다니는 너네보단 낫지."

자신의 농담에 크하하 웃는 모습을 보니 꼰대가 맞다.

"그…… 죽고 싶어 한 애가 누구야?"

"그건 말씀드릴 수 없어요."

선생님이 고개를 끄덕이며 "짐작은 하고 있어. 경찰에서 수사 협조 요청이 왔었거든. 선생님도 힘껏 도울 거야." 했다.

남주는 정중히 인사하고 상담실을 나왔다.

인생의 1막이 닫힌 기분이었다.

그러나 슬프지 않다.

곧 2막이 열릴 테니까.

＊

방학식을 끝내고 교문을 나서는데 정윤이 불렀다. 정윤 옆에는 지아와 경희, 선화가 있었다. 남주가 걸음을 멈췄다.

"귀 먹었나?"

지아의 말이다. 남주가 무선 이어폰을 빼며 고개를 끄덕였다.

"순순히 인정하면, 뭐 할 말은 없다."

지아가 민망한 듯 웃더니 같이 가자고 했다.

"나 단체 행동 싫어해."

"불닭볶음면은?"

남주는 잠깐 동안 심각하게 고민했다. 좋음과 싫음의 싸움이었다. 학교 앞 편의점에는 이미 애들이 많아서 골목을 돌아 주택가의 편의점으로 갔다.

불닭볶음면 다섯 개에 소시지, 삼각김밥, 게토레이, 사이다와 콜라를 샀다. 돈은 2천 원씩 나누어 냈다. 동전 몇 개가 남았다. 남주는 막대 사탕을 사자고 제안했다. 돈이 남는 것보다 음식이 남는 게 마음이 편하다. 100원이라도 누가 나보다 더 가져갔거나 덜 가져갔다고 생각하면 왠지 기분이 찝찝한데, 사탕 하나 더 먹었다고 생각하면 그것쯤이야 싶기 때문이다.

남주는 이런 작은 점에 마음이 쓰이고, 또 제대로 처리해야 마음이 놓인다. 모임이 끝난 후 뒤에 누가 돈 처리가 이상하다고 구시렁거리는 것까지 상상이 되기 때문이다.

"강정윤!"

남주가 불닭볶음면을 후루룩 넘기며 말했다.

"너, 솔직히 불닭볶음면 안 좋아하지?"

정윤이 곤란한 표정을 짓다가 고개를 끄덕였다.

"그럼 소시지 먹어. 아무도 너한테 강요하지 않아."

"아니야. 강요해서가 아니라, 나만 안 먹는다고 하면 분위기 어색해

질까 봐."

정윤이 주절주절 말했다.

정윤은 그런 아이였다. 눈치를 너무 많이 봐서 자신이 좋아하는 것을 서서히 잃어 가는 아이. 카톡 사건 때도 정윤은 남주와 지아 눈치 보기에 바빴다. 그런 태도가 상황을 더 어렵게 만들기도 한다. 좋은 게 좋은 거다, 라는 건 수사적인 말일 뿐이다. 목소리가 작은 사람에게 그 말은 억압이 되기도 한다.

"너 불닭볶음면 싫어해?"

지아가 물었다.

"몰랐네. 그럼 다른 거 먹지."

경희가 이어 말했다.

"그것도 정윤이 선택할 일이야."

선화가 끼어들었다.

"별로 좋아하진 않지만 그냥 똑같은 거 먹어야지, 하고 결정하는 것도 정윤의 선택이야. 나도 오늘 배가 좀 아파서 고민했는데, 오늘 같은 날은 똑같은 걸 먹고 싶어서 불닭볶음면 먹었거든. 정윤이가 남의 눈치 보느라 좋아하는 걸 말하지도 못하는 아이처럼 취급하는 게 오히려 정윤이를 오해하는 거야."

누구 말이 맞을까. 내가 오해한 걸까. 남주는 정윤을 바라보았다. 정윤이 고민하다가 힘겹게 입을 열었다.

"솔직히 귀찮아. 나만 다른 거 먹겠다고 말하는 게."

"근데 시 써 놓은 사람 너야?"

선화가 물었다. 정윤이 고개를 끄덕였다.

"그 시, 되게 유명한 시인이 쓴 거더라?"

"찾아봤어?"

선화가 고개를 끄덕였다.

"좋더라……. 시가, 위로가 됐어."

선화 말에 정윤은 뭉클했다. 뭐랄까, 설명할 수는 없지만 칠판에 시를 적어 놓은 자신이 대견스러웠다. 시를 좋아해도 된다는 응원처럼 느껴졌다.

"네 시도 좋았고."

선화가 재빨리 덧붙였다. 그와 동시에 지아가 입을 열었다.

"소문 진짜야? 학교 그만둔다는 소문?"

남주에게 한 말이다.

"애들이 수군거리는 거 알아. 집에서 개량 한복 입고 지낸다더니 진짜 또라이가 맞네, 하는 거."

"넌 특목고 갈 수 있잖아."

"그런 문제가 아니야."

"그건 네가 공부 잘해서 하는 말이야."

경희 말이었다. 그럴지도 모른다. 이 문제로 누구를 설득하고 싶진 않다.

"난 좋은 학교 가고 싶어. 그래서 아무도 나랑 우리 가족을 무시하지 못하게 하고 싶어."

"좋은 학교에 다녀야만 무시당하지 않는다는 게 웃기지 않아?"

남주는 곧 "물론 너한테 그런 생각을 극복하라는 건 아니야."라고 덧붙였다.

"나는 내가 생각해도 오지랖이 문제야, 문제."

남주가 중얼거렸다.

"부조리해도 난 그 안에 들어가고 싶어. 안전하고 싶어."

경희는 외국인인 엄마 때문에 눈에 보이지 않는 차별을 당해 왔다. 차별하는 세상이 나빠, 라고 하기보다는 차별당하지 않기 위해 안전한 테두리 안으로 들어가겠다고 결심한 듯했다. 남주는 경희를 비난하고 싶지 않았다. 그럴 자격도 없고.

"남한테 피해만 안 주면 되지. 학교 안 다니고 명문대 가는 애들도 많아."

지아의 말이다.

"난 미용고 가려다 마음 바꿨어. 경찰 되고 싶어."

"경찰?"

정윤이 되물었다.

선화가 고개를 끄덕이면서 "여자 경찰이 더 많으면 좋겠어. 경찰서 갔더니 남자 경찰관이 더 많아서 속상했어."라고 했다.

"너 경찰서 갔었어?"

경희가 묻자 선화는 당황했지만, 이내 표정을 고치며 "주운 지갑 가져다주러."라고 대답했다.

"아하." 하고 경희가 고개를 끄덕였다.

다섯 명이 옹기종기 앉아 불닭볶음면을 먹고 있지만 머릿속은 제각 각이었다. 머릿속만이 아니라 마음도, 환경도 다 달랐다. 이런 아이들을 한 교실에 몰아넣고 통제한다니. 역시 고등학교에 안 가기로 결정하길 잘했다고 남주는 생각했다.

물론 그 결정이 모두에게 정답은 아니다. 학교를 성실하게 잘 다니는 것도 큰 장점이다. 다만 도저히 적응하지 못하는 아이들까지 학교 안에 억지로 몰아넣을 필요는 없다는 것이다.

남주는 여러 이유로 스스로 목숨을 끊는 친구들을 떠올렸다. 성적 문제, 친구 문제, 부모 문제 등 헤아릴 수 없이 많은 문제가 있을 것이다. 그리고 때로는 벗어나는 게 가장 좋은 선택일 수도 있다. 여기가 아니어도 어디엔가 좀 더 나은 방식이 있으리라고 믿는 것, 그게 남주가 인생을 긍정하는 방식이었다.

"혹시 힘든 일 있으면 언제든 연락해."

남주가 휴지로 입을 닦으며 말했다. 하얀 휴지에 붉은 소스가 묻어나왔다.

"넌 사람을 싫어하는 것 같기도 하고 좋아하는 것 같기도 해."

선화가 말했다.

"끔찍하다고 생각해."

"근데 왜?"

"왜 도와주려고 하느냐고?"

선화와 지아, 경희, 정윤이 고개를 끄덕였다.

"덜 끔찍한 사람이 되려고. 인간답게 살고 싶어서."

지아가 풋 웃었다.

"너만 할 수 있는 말이다. 다른 애가 그렇게 말하면 진지충이라고 욕했을 거야."

"난 동의해."

선화가 말했다.

"인간다움이 뭔지, 나도 생각하게 됐거든."

선화는 자신이 겪은 불법 촬영물 협박 사건을 떠올렸다. 그 일을 혼자서 겪는 동안 두려움과 자기혐오를 느꼈고, 피해자가 자신만이 아니라는 사실을 알았을 땐 안도와 슬픔을, 그 일을 해결하면서는 연대와 용기를 통해 인간다움을 알아 갔다.

인간이란 무엇인가. 이 문제는 톨스토이 같은 세계적인 작가나 세계에서 가장 존경받는 종교 지도자, 대통령, 금메달을 받은 선수처럼 특별한 사람만 하는 고민인 줄 알았다. 그러나 이번 일을 통해 알았다. 그것은 사람이라면 누구나 해야 하는 고민이었다.

선화는 그 일 때문에 인간을 구성하는 어느 한 부분이 손상됐지만, 그 일 때문에 인간을 인간답게 하는 게 무엇인지 생각할 기회를 얻었다. 겪지 않았으면 좋을 일이지만, 이미 겪은 일을 되돌릴 수는 없었다. 그렇다면 최대한 자신을 덜 다치게 보호해야 한다. 그게 자신에 대한 의무이기도 하다.

"다들 달라서 좋아."

남주가 말했다.

"또!"

지아가 닭살 돋는다는 듯이 팔뚝을 쓸었다. 아무래도 사교성 없는 유전자는 아빠한테 물려받은 듯했다. 남주는 아빠를 측은하게 여기기로 했다. 아니, 아니야. 마음 약해지면 안 돼. 아빠 교육에 한 치의 오차도 없이 매진할 것이다.

*

편의점에서 나오니 찜통에 들어간 것처럼 숨이 막혔다. 다들 오만 상을 지으며 인사를 했다.

"잘 가."

지아와 경희가 함께 걸어갔고, 정윤과 선화는 따로 걸어갔다. 남주는 아이들이 보이지 않을 때까지 오랫동안 뒷모습을 지켜봤다.

우리가, 세상이란 이름의 학교에서
가장 바보 같은 학생일지라도
여름에도 겨울에도

낙제란 없는 법[5]

정윤이 칠판에 적어둔 시가 떠올랐다. 선생님이 지우개로 쓱쓱 지워버린 시. 시는 가루가 되어 사라졌지만 남주의 마음에 남았다.

지아, 경희, 선화 정윤 그리고 남주까지 앞으로 인생에서 많은 일들을 겪을 것이다. 그러나 결코 낙제란 없을 것이다. 인생은 시험이 아닌데 어떻게 낙제할 수 있을까?

결코 낙제는 없을 것이다.

5 비스와바 쉼보르스카 지음 | 최성은 옮김 | 〈두 번은 없다〉, 《끝과 시작》 | 문학과 지성사 2016

지구는 둥글다

– 작자 미상(경기도 어느 중학교 3학년 학생이라고 알려짐.)

지구는 둥글다.

우리는 정상이라는 동그라미 안에 들어가려고

누군가를 밀고, 밀쳐지며 가까스로 버틴다.

마치 출근길 지하철 9호선처럼.

가까스로 동그라미 안에 들어간다 해도

마음 놓을 수 없다.

196

사람은 점점 많아지고 동그라미는 점점 좁아져서

언제 밀려날지 모르니까.

누군가는 동그라미에 반대한다.

동그라미에 들어가지 않겠다고 말한다.

누군가는 동그라미를 적극 옹호한다.

정상적이지 않은 누군가를 빼야만

동그라미가 안전할 수 있다고.

안전이라는 말로 포장된 혐오의 낙인들이

정상과 비정상이라는 말로 나뉘어 공기 중에 떠다닌다.

아이들은 학교를 다니며 배운다.

동그라미를 벗어나면 안 되고,

앞사람을 제치며 중심부로 나아가야 한다는 것을.

어떤 동그라미 안에 드느냐에 따라

인생의 방향이 달라지고,

중심부에 얼마나 가까운지에 따라

인생의 높이가 달라진다는 것을.

그래도 드물게

동그라미에 의문을 품는 아이가 있다.

인간다움을 고민하는 아이,

남의 아픔을 제 아픔처럼 느끼는 아이,

사회가 주입한 정상이라는 말에 의문을 품는 아이가.

우리는 보이지 않는 실로 연결되어 있어

서로에게서 결코 벗어날 수 없음을 알아야 한다.

지구 반대편의 전쟁이,

옆 친구의 다름이,

나의 아픔과 너의 슬픔이 모두 연결되어

어떻게든 영향을 끼친다는 것을 인정해야 한다.

세상이 결코 인정하지 않으리라는 것도

인정해야 한다.

이런 시도가 실패하리라는 것도 인정해야 한다.

그럼에도 우리는 선언해야 한다.

동그라미는 점점 넓어져서 지구가 돼야 한다고.

다르기 때문에 동그라미 밖으로 밀어내야 하는 게 아니라

다르기 때문에 동그라미 안에서 공존해야 한다고.

동그라미는 지구가 돼야 한다.

   범죄 심리학자가 나온 팟캐스트를 듣다가 "학교에 가지 않는 아이들의 범죄율이 높기 때문에 아이들은 (무조건) 학교에 보내야 한다."라는 이야기를 들었다. 선의로 한 말이지만, 나는 몇 가지 이유로 당황스럽고 불쾌했다.

   우선, 아이들은 범죄를 일으키지 않기 위해 사는 존재들이 아니다. 어른들도 한 공간에 가둬 두면 그 시간 동안은 당연히 범죄를 일으키지 않을 것이다. 그러나 그러지 않는 이유는 우리에게는 자신의 의지대로 살 자유가 있기 때문이다.

   두 번째는 학교에 가지 않는 아이들에 대한 편견 때문이다. 으레 학교에 다니지 않는 아이들은 문제가 있을 거라고 생각한다. 그러나 그런 아이들이 일부 있다고 해서, 자신의 의지로 학교에 가지 않는 아이들까지 싸잡아 비난받는 건 부당하다고 생각한다.

나는 의무 교육을 포함한 고등 교육을 되도록 받는 편이 좋다고 본다. 그러나 정말 예외적으로 학교에 다니는 것이 죽을 만큼 괴로운 아이들도 있다는 걸 인정해야 한다. 사람마다 성격과 성향이 다르기 때문이다. 죽을 만큼 힘들다는 아이에게, 이 정도로는 죽지 않는다며 무조건 버티라고 윽박지르는 대신 다른 방식의 삶도 존재한다는 걸 알려 주는 것도 필요한 교육이 아닐까?

우리나라의 십 대 자살률을 떠올려 보자면, 우리는 아이들을 경쟁이라는 미명하에 낭떠러지로 밀어내고 있는지도 모르겠다는 생각을 종종 한다.

다양한 삶의 방식과 가능성을 말하는 어른이 되고 싶다.

윽박지르고 협박하는 대신 입을 다물고 고개를 끄덕이는 어른이 되고 싶다.

무엇보다 좋은 소설을 쓰는 소설가가 되고 싶다.

세 가지 모두에서 늘 실패하는 것 같지만, 그런 꿈을 꾼다.

소설을 쓰면서 마음이 아팠다. 아이들이 처한 현실과 고민 때문에. 그러나 한편으로는 기뻤다. 소설 속 인물들이 고통을 당하는 와중에 서로의 손을 맞잡을 때면 희망이란 걸 떠올렸다. 열 손가락 깨물어 안 아픈 손가락 없다지만, 선화 이야기를 쓸 때 속으로 많이 울었다.

어둠 속에서 혼자 울고 있는 선화에게 남주가 조심스레 문을 두드렸을 때, 자신처럼 혼자 울고 있을 것 같은 아이를 떠올리며 남주가 용기를 내기로 결심했을 때, 나는 구원받는 기분이었다.

우리는 서로가 서로를 구원한다.

사람 때문에 나락으로 떨어지지만, 나락 속에서 기다릴 건 사람의 손길밖에 없다.

이 책을 읽는 독자 중에도 마음이 아주 아픈 친구들이 있을 것이다. 나도 십 대 시절 혼란스럽고 괴로웠다. 아픈 게 당연한 거라는 말이 아니다. 혼자만 아픈 게 아니라는 말을 하고 싶어서다. 우린 모두 아프고, 아픔 속에서 성장하기도 하고 퇴보하기도 한다. 그러나 퇴보했다고 해서 실패한 건 아니다. 인생이란 삶의 과정일 뿐 결과일 리가 없으니까.

우리 모두, 각자의 인생을 살 뿐이다.

소설을 쓰는 일은 즐겁지만, 소설을 출간하기까지는 고되다. 마치 이인삼각 경기를 하는 것 같다. 내가 조금 빠르거나 느려도 넘어지지 않을 수 있었던 건 편집자님이 보조를 맞춰 주었기 때문이다. 혜재 편집자님께 감사의 인사를 전한다.

무루 작가님의 추천사를 읽고 과분하다는 생각을 했다. "아이들은 매 순간 흔들리는 땅 위에 두 발로 단단히 서서 나은 사람이 되기를, 함께 나아가기를 포기하지 않는다."라는 부분을 읽으며 비로소 선명해졌다. 내가 쓰고 싶은 이야기가 무엇인지 말이다. 어떻게 감사의 인사를 드려야 할지 모르겠다. 살다 보면 분에 넘치는 행운을 만날 때가 있는데, 아마도 지금인 것 같다. 추천사를 받고, 더 열심히 쓰고 싶어졌다는 말로, 감사의 인사를 대신하고 싶다.

마지막으로 책을 읽어 주신 독자분들께 감사드린다. 내가 쓴 글이 한 권의 책이 되어 세상에 나올 때면 두렵고 신기하다. 사실 나는 낙관과 거리가 먼 사람인데 가끔은 인생이 황홀하게 느껴진다. 이 황홀함 때문에 인생에 대한 기대를 저버리지 못하는지도 모르겠다. 기대가 실망으로 바뀐다 하더라도, 언제까지고 기대하고 싶다.

2021년 어느 봄날,
이선주

열여섯의 타이밍

1판 1쇄 발행 | 2021. 5. 11.
1판 3쇄 발행 | 2022. 9. 27.

이선주 지음

발행처 김영사 | 발행인 고세규
디자인 홍윤정 | 마케팅 이철주 | 홍보 박은경 길보경
등록번호 제 406-2003-036호
등록일자 1979. 5. 17.
주소 경기도 파주시 문발로 197 (우10881)
전화 마케팅부 031-955-3100 편집부 031-955-3113~20 | 팩스 031-955-3111

값은 표지에 있습니다.
ISBN 978-89-349-8970-7 43810

좋은 독자가 좋은 책을 만듭니다. 김영사는 독자 여러분의 의견에 항상 귀 기울이고 있습니다.
전자우편 book@gimmyoung.com | 홈페이지 www.gimmyoungjr.com

어린이제품 안전특별법에 의한 표시사항

제품명 도서 제조년월일 2022년 9월 27일 제조사명 김영사 주소 10881 경기도 파주시 문발로 197
전화번호 031-955-3100 제조국명 대한민국 ⚠주의 책 모서리에 찍히거나 책장에 베이지 않게 조심하세요.